GRAZIA DELEDDA

Elias Portolu

Novela

traducción de José Miguel Velloso

Ilustración de cubierta: Giuseppe Biasi, *Novia de Nule*, óleo sobre lienzo, 1918.

Revisión del texto: Giovanni Muroni.

Colección "Le Grazie"

PoD Edition

Tìtulu orginàriu: *Elias Portolu* (Treves, 1917).
Tradutzione dae s'italianu de José Miguel Velloso (Aguilar,1955).

Grazia Deledda
Elias Portolu
ISBN **978-88-3309-043-6**

Editziones NOR, carrera Lombardia 11, I-09074 Ilartzi (Aristanis), Sardigna.
www.nor-web.eu – info@nor-web.eu

Prefacio

En 1903, *Elias Portolu* es publicado por primera vez por entregas en "Nuova Antologia", una prestigiosa revista literaria cuyas páginas acogieron obras como *Maestro Don Gesualdo* de Giovanni Verga o *El difunto Matías Pascal* de Pirandello.

Es un momento crucial en la vida de la escritora nuoresa: acaba de mudarse a Roma después de haberse casado con el alto funcionario Palmiro Madesani y ya se ha estrenado como escritora con esfuerzo y tenacidad capaz de cosechar el aprecio de la crítica por *El camino del mal* (1896).

El alejamiento de la isla, siempre en el centro de su narrativa, la llevará a componer sus obras más célebres, al ritmo de casi una novela por año.

En 1903, publica Cenizas y hace una primera revisión del texto de *Elias Portolu* con vistas a la publicación en forma de volumen por la editorial de Turín Roux e Viarengo.

Del mismo año es la traducción francesa de Georges Hérelle (traductor, entre otros, de Gabriele D'Annunzio), que asemeja la obra de Deledda a la de Verga.

El aprecio de Hérelle fue determinante para el éxito de la autora nuoresa en Francia.

Con novelas como *La hiedra* (1908) y *Cañas al viento* (1913), la prosa de Deledda llegará a su cumbre y eso la llevará a revisar *Elias Portolu* para su publicación en 1917 con el editor Treves, que ya había publicado una buena parte de las novelas de Deledda y que contaba en su catálogo con autores como D'Annunzio, Verga y Pirandello.

La estructura de la novela no cambia. Sin embargo, los estudiosos han evidenciado el intenso trabajo de revisión lingüística fruto de su madurez.

La importancia de esta novela, probablemente escrita casi completamente en Cerdeña, entre Nuoro y Cagliari, aunque terminada en Roma, ha sido más de una vez evidenciada por la crítica. Respeto a las obras de su estreno, se nota un mejor dominio de la materia, fruto de su prosa y de su mundo espiritual ya formados, que esta vez se concentra sin demasiadas divagaciones en el protagonista.

Reconocida por la misma autora como su primer éxito, fue considerada su obra maestra y se la asemejó a las obras inmortales de los grandes maestros rusos, como *Crimen y castigo*. En 1935, el célebre crítico Momigliano definió la novela como «el libro de más alta y a la vez sólida moralidad que se haya escrito en Italia después de *Los novios*».

Elias Portolu impresionó a los críticos y lectores de la época por su carácter universal, inesperado, porque los temas del tabú y del incesto, y el amor de un hombre correspondido por la futura esposa de su hermano, tenían como fondo un lugar muy diferente a los cánones burgueses, es decir, los inacabables pastizales, las *tancas* solitarias, y eran expresiones de la cultura agropecuaria de la Cerdeña central considerada muy conservadora. Se describe el choque entre un individuo, hijo de la civilización moderna de principios de siglo, y la ley inviolable del orden familiar y de la cultura a la cual pertenece.

Como en otras obras de Deledda, el protagonista se mueve entre dos fuerzas opuestas, el deseo y la culpa, lo que está permitido y lo que está prohibido, sin estar nunca en condiciones de asumir hasta el final las consecuencias de su elección.

Al igual que en novela *La madre* (1919), la obra investiga con mirada profunda y nada descontada un tema aún hoy controvertido: el celibato sacerdotal, que Elias vive no como vocación sino como fruto de sus indecisiones, como una pena a expiar, como un modo de frenar sus propias pasiones. El final, aparentemente catártico, enfrenta al protagonista de Deledda a un destino puesto en las manos de Dios, pero determinado por la incapacidad humana de elegir e ir hasta el final hacia una postura de rebelión.

La traducción de José Miguel Velloso, revisada y corregida, supera las dificultades de reproducir en lengua española un mundo que la autora pensó en sardo y expresó en italiano y da a conocer al público hispanohablante uno de los libros más representativos de la obra de Grazia Deledda.

ELIAS PORTOLU

I

Días felices se acercaban para la familia Portolu de Nuoro. A últimos de abril tenía que regresar el hijo Elías, que cumplía una condena en una penitenciaría del Continente; luego tenía que casarse Pietro, el mayor de los tres jóvenes Portolu.

Se preparaba una especie de fiesta; la casa estaba recién enjalbegada y el vino y el pan, preparados[1]; parecía como si Elías regresara de sus estudios, y los parientes, acabada su desgracia, le esperaban con cierto orgullo.

Finalmente llegó el día tan esperado, especialmente por tía Annedda, la madre, una mujercita plácida, blanca, un poco sorda, que amaba a Elías más que a ningún otro de sus hijos. Pietro, que era labrador, Mattia y tío Berte[2], el padre, que eran pastores de ovejas, regresaron del campo.

Los dos jóvenes se parecían bastante; bajos, robustos, de barba cerrada, con la cara bronceada y con largos cabellos negros. También tío Berte Portolu, el viejo zorro, como le llamaban, era de pequeña estatura y tenía una cabellera negra y enmarañada que le caía hasta los ojos rojizos, enfermos, que iba a confundirse por encima de las orejas con la larga barba negra, no menos enmarañada. Llevaba una ropa bastante sucia, con una larga zamarra negra, sin mangas, de piel de carnero, con la lana por dentro; y entre aquella pelambrera negra se destacaban solo dos enormes manos de un color rojo bronceado, y en la cara, una nariz de la misma tonalidad.

Para aquella solemne ocasión, sin embargo, tío Portolu se lavó las manos y la cara, pidió un poco de aceite de oliva a tía Annedda y se untó bien los cabellos, luego los desenmarañó con un peine de madera, profiriendo exclamaciones por el dolor que esta operación le causaba.

---

1) En muchos pueblos sardos se usa un pan especial (llamado *pane carasadu*), que dura muchas semanas sin estropearse.

2) En Cerdeña el título de tío se da a todas las personas del pueblo de edad un poco avanzada.

– ¡Que el Diablo os peine! – decía a sus cabellos, torciendo la cabeza. – ¡Ni la lana de las ovejas está tan enmarañada!

Cuando la maraña estuvo suelta, tío Portolu empezó a hacerse una trencita sobre la sien derecha, otra sobre la izquierda, una tercera bajo la oreja derecha y una cuarta bajo la oreja izquierda. Luego se untó y peinó la barba.

– ¡Hágase otras dos más ahora! – dijo Pietro riendo.

– ¿No ves que parezco un novio? – gritó tío Portolu y se echó también a reír. Tenía una risa muy peculiar, forzada, que no le removía ni un pelo de la barba.

Tía Annedda farfulló algo, porque no le gustaba que sus hijos faltaran al respeto al padre, pero este la miró con aire de reproche y dijo: – ¿Qué dices, tú? Deja que se rían los muchachos. Ya es tiempo de que se diviertan. Nosotros ya nos hemos divertido.

Mientras tanto llegó la hora en que tenía que venir Elias. Aparecieron algunos parientes y un hermano de la novia de Pietro, y todos salieron hacia la estación. Tía Annedda se quedó sola en casa, con el gatito y las gallinas.

La casita, con un patio interior, daba a una calleja mal empedrada que bajaba hacia la carretera. Detrás del seto de la calleja, se abrían varios huertos que miraban hacia el valle. Parecía como si se estuviera en el campo. Un árbol que extendía sus ramas por encima del seto daba a la calleja un aire pintoresco. El granítico Orthobene y las cerúleas montañas de Oliena cerraban el horizonte.

Tía Annedda había nacido y envejecido allí, en aquel rincón lleno de aire puro, y acaso por esto seguía siendo pura y simple como una criatura de siete años. Por otra parte, todo el barrio estaba habitado por gente honrada, por muchachas que frecuentaban la iglesia y por familias de costumbres sencillas.

Tía Annedda se asomaba de vez en cuando al portal abierto, miraba a un lado y a otro, y luego volvía a entrar. También las vecinas esperaban el regreso del preso, en pie ante sus puertas o sentadas en toscos asientos de piedra adosados al muro. El gato de tía Annedda miraba desde la ventana.

Y he aquí de improviso un sonido de voces y de pasos en la lejanía. Una vecina atravesó corriendo la calleja y metió la cabeza por el portal de tía Annedda.

– ¡Ya están aquí! – gritó.

La mujeruca salió, más blanca que de costumbre y temblando. Inmediatamente después, un grupo de vecinos irrumpió en la calleja, y Elias, muy conmovido, corrió hacia su madre, se inclinó y la abrazó.

– Dentro de cien años otra, dentro de cien años otra[3]... – murmuraba tía Annedda, llorando.

Elias era alto y esbelto, con la cara blanquísima, delicada, sin barba. Llevaba los cabellos negros cortados y tenía los ojos de un azul verdoso. El largo encierro le había blanqueado las manos y el rostro.

Todas las vecinas se agolparon a su alrededor, empujando a los otros paisanos, y le estrecharon la mano, deseándole: – Otra desgracia parecida para dentro de cien años.

– ¡Dios lo quiera! – contestaba él.

Luego, entraron en casa. El gato, que al acercarse el grupo se había retirado de la ventana, a la escalerilla exterior, saltó fuera asustado, corrió sin dirección fija y fue a esconderse.

– *Mis, mis,* – empezó a gritar tío Portolu – ¿qué diablos te pasa? ¿Nunca has visto cristianos? ¿Somos acaso unos asesinos, que hasta los gatos huyen? ¡Nosotros somos gente honrada, somos caballeros!

El viejo zorro tenía muchas ganas de gritar, de parlotear, y decía cosas sin sentido.

Una vez sentados en la cocina, mientras tía Annedda servía de beber, tío Portolu acaparó a Jacu Farre, un pariente suyo, un hombre colorado y gordo que respiraba lentamente, y ya no le dejó en paz.

– Míralos – le gritaba, tirándole de la capa y señalando a sus hijos. – ¿Ves ahora a mis hijos? ¡Tres palomos! ¡Y fuertes, eh, y sanos, y hermosos! ¿Los ves en fila, los ves? Ahora que ha vuelto Elias seremos como cuatro leones; no nos tocará ni siquiera una mosca.

---

3) *Tra chent'annos un'àtera*, fórmula sarda con la que se expresa el deseo de que no vuelva a ocurrir ninguna desventura a la persona que acaba de sufrir una. (NdT)

También yo, ¿sabes?, también yo soy fuerte. No me mires así, Jacu Farre, me río de ti, ¿entiendes? Mi hijo Mattia es mi mano derecha; ahora Elias será mi mano izquierda. Y luego Pietro, el pequeño Pietro, Prededdu mío. ¿No lo ves? ¡Es una flor! Ha sembrado diez fanegas de cebada, ocho de trigo y dos de habas. ¡Si quiere casarse, no se quejará su mujer! No le faltará la cosecha. Es una flor, Prededdu mío. ¡Ah, mis hijos! Como mis hijos no hay otros en Nuoro.

– ¡Eh!, ¡eh! – dijo el otro, casi gimiendo.

– ¡Eh!, ¡eh! ¿Qué quieres decir con tu ¡eh!, ¡eh!, Jacu Fa'? ¿Digo mentiras tal vez? Enséñame a otros jóvenes que sean como mis hijos, trabajadores, honrados y fuertes. ¡Estos hombres son hombres!

– ¿Y quién te dice que sean mujeres?

– ¡Mujeres, mujeres! Mujer lo serás tú, barriga de arcón – gritó tío Portolu oprimiendo con sus grandes manos la barriga del pariente, – tú, y no mis hijos. ¿No los ves? – prosiguió, volviéndose con adoración hacia los tres jóvenes. – ¿No los ves, o es que eres ciego? Tres palomos...

Tía Annedda se acercó con el vaso en una mano y la garrafa en la otra. Llenó el vaso y se lo ofreció a Farre, y Farre se lo dio cortésmente a tío Portolu. Y tío Portolu bebió.

– ¡Bebamos! ¡A la salud de todos! Y tú, mujer mía, mujeruca, no tengas ya miedo de nada; seremos como leones, ya no nos tocará ni siquiera una mosca.

– ¡Quita, quita! – contestó ella.

Dio de beber a Farre y se alejó. Tío Portolu la siguió con los ojos y luego dijo, tocándose la oreja derecha con un dedo:

– Está un poco... No oye bien, en fin, ¡es mujer! ¡Una buena mujer! Mi mujer hace lo que tiene que hacer. ¡Y es mujer de conciencia! Ah, como ella...

– ¡No hay otra en Nuoro!

– ¡Y que lo digas! – gritó tío Portolu. – ¿La has oído nunca murmurar? ¡No temas que si Pietro trae a su mujer, esté mal aquí la muchacha!

Y seguidamente empezó a alabar también a la muchacha. ¡Una rosa, una joya, una palma! Cosía e hilaba, era una buena ama de casa, era honesta, bella, buena, acomodada.

– En fin, – dijo Farre irónico – ¡no hay otra como ella en Nuoro!

Mientras tanto, el grupo de los jóvenes hablaba animadamente con Elias, bebiendo, riendo, escupiendo. Quien más reía era él, el ex-preso, pero su risa era cansada y rota, y su voz, débil. Su cara y sus manos destacaban entre todas aquellas caras y aquellas manos bronceadas: parecía una mujer vestida de hombre. Además, su lenguaje había adquirido algo de particular, de exótico; hablaba con una cierta afectación, mitad en italiano y mitad en sardo, con exclamaciones completamente continentales.

– Escucha a tu padre cómo os elogia – dijo el futuro cuñado de Pietro. – Dice que sois palomos, y en verdad que eres blanco como un palomo, Elias Portolu.

– Pero volverá a ponerse negro – dijo Mattia. – Desde mañana comenzaremos a trotar hacia el redil, ¿no es verdad, hermano mío?

– Que sea blanco o negro, poco importa – dijo Pietro. – Dejad esas tonterías, dejadle contar lo que estaba contando.

– Decía, pues, – reanudó Elias con su débil voz – que aquel gran señor, compañero mío de celda, era el jefe de los ladrones de aquella gran ciudad, ¿cómo se llama?... Ya no me acuerdo; bueno, es igual. Estaba conmigo y me lo contaba todo. Aquello sí que es robar; ¿qué son nuestros hurtos? Nosotros, por ejemplo, un día tenemos necesidad de una cosa, vámos y robamos un buey y lo vendemos. Nos cogen, nos condenan, y aquel buey no basta para pagar al abogado. ¡Pero aquellos de allí, aquellos grandes ladrones, sí, sí! Cogen millones, los esconden, y luego, cuando salen de la cárcel, son riquísimos, van en coche y se divierten. ¿Qué somos nosotros, sardos estúpidos, comparados con ellos?

Los jóvenes escuchaban atentos, llenos de admiración por aquellos grandes ladrones del otro lado del mar.

– Luego, también había un monseñor – reanudó Elias, – un ricacho que tenía en la libreta muchos miles de liras.

– ¡Hasta un monseñor! – exclamó Mattia, maravillado.

Pietro le miró riendo y quiso hacerse el desenvuelto, aunque también él estaba muy asombrado.

– ¿Y qué, un monseñor? ¿Es que los monseñores no son hombres como todos los demás? La cárcel se ha hecho para los hombres.

– ¿Y por qué estaba ese allí?

– Pues... parece que porque quería que echaran al rey y pusieran al papa en lugar del rey. Otros, en cambio, decían que también él estaba en la cárcel por asuntos de dinero. Era un hombre alto, con los cabellos blancos como la nieve; siempre leía. Otro murió y dejó a los detenidos todo el dinero que tenía en su cuenta de peculio. Querían darme cinco liras, pero yo las rechacé. Un sardo no quiere limosnas.

– ¡Tonto!, ¡yo las hubiera cogido! – gritó Mattia. – Hubiera agarrado una borrachera solemne a la salud del muerto.

– Está prohibido – dijo Elias, y se quedó un momento en silencio, absorto en vagos recuerdos; luego exclamó: – ¡Jesús, Jesús! ¡Cuánta gente había, de toda clase! Conmigo estaba otro sardo, un sargento mayor. Le embarcaron en Cagliari la misma noche que me embarcaron a mí. El creía que lo iban a soltar; en cambio, lo encarcelaron sin que se diera cuenta.

– ¡Oh, yo creo que sí se habría dado cuenta!

– ¡Y yo!

– Se jactaba de que pronto le perdonarían, de que era pariente del ministro y de que tenía otro pariente en la Corte del rey. En cambio, lo he dejado allá abajo. Nadie le escribía, nadie le mandaba un céntimo. Y en *aquel sitio,* si no se tiene dinero, se muere uno de hambre. ¡Dios nos asista! ¡Y los carceleros – exclamó luego, haciendo una mueca, – ¡son todos unos esbirros! Casi todos son napolitanos, sinvergüenzas, que, si te ven morir, te escupen encima. Pero, antes de salir, yo le dije a uno de ellos: "Prueba a pasar por nuestra tierra, marrano, que ya te ajustaré las cuentas".

– Sí – dijo Mattia, – que pruebe a pasar cerca de nuestro redil; ¡le daremos un poco de suero de leche!

– ¡No, no pasará!

– ¿Quién no pasará? – preguntó tío Portolu, acercándose.

– Nada, un carcelero que escupía a Elias – dijo Mattia.

– No, diablo; a mí no me escupía. ¿Qué estás diciendo?

Todos se echaron a reír, y tío Portolu gritó:

– Y, además, Elias no se lo hubiera permitido, le habría roto los dientes de un puñetazo. Elias es un hombre. Nosotros somos hombres; no somos muñecos de queso fresco, como los continentales, aunque éstos sean guardianes de hombres...

– ¡Vaya guardianes! – dijo Elias, encogiéndose de hombros. – Los guardianes son unos sinvergüenzas; pero luego hay señores, ¡si los hubieseis visto! Grandes señores que van en coche, que cuando entran en la cárcel ingresan miles y miles de liras en su cuenta de peculio.

Tío Portolu se enfadó, escupió y dijo: – ¿Qué son ésos? ¡Hombres de queso tierno! ¡Ve y ponles a tirar el lazo a un potro indómito, o atrapar un toro, o a disparar un arcabuz! Antes se mueren de susto. ¿Qué son los señores? Mis ovejas son más valientes, ¡Dios me asista!

– Y, sin embargo, sin embargo... – insistía Elias, – si hubieseis visto...

– ¿Qué has visto tú? – replicaba tío Portolu, despreciativo. – Tú no has visto nada. A tu edad yo no había visto nada; pero después he visto lo que son los señores, y lo que son los continentales, y lo que son los sardos. Tú eres un pollito que acaba de salir del cascarón...

– ¡Un pollito! – murmuró Elias, sonriendo amargamente.

– ¡Un gallo, más bien! – dijo Mattia.

Y Farre, con finura: – No, un pajarito...

– ¡Salido de la jaula! – exclamaron los demás, riendo.

La conversación se hizo general. Elias siguió contando sus recuerdos, más o menos exactos, sobre el lugar y las personas que había dejado; los demás comentaban y reían. Tía Annedda escuchaba también, con una plácida sonrisa en su rostro tranquilo, y no conseguía atrapar bien todas las palabras de Elias; pero Farre, que estaba sentado a su lado, le acercaba la cara al cuello y le repetía en voz alta las narraciones del ex-preso.

Mientras tanto, venía más gente: amigos, vecinos, parientes. Los que llegaban se acercaban a Elias, muchos le besaban y todos le deseaban: – Dentro de cien años, otra.

– ¡Dios lo quiera! – contestaba él, echándose la barretina sobre la frente.

Y tía Annedda servía de beber. Pronto la cocina estuvo llena de gente. Tío Portolu gritaba sin parar, comunicando a todos que sus hijos eran tres palomos, y hubiese querido que toda aquella gente se quedara mucho tiempo en su casa; pero Pietro se perecía por presentar su novia a Elias e insistía en salir y llevárselo con él.

— Vamos a tomar un poco el aire – decía. – Este pobre diablo ya ha estado bastante tiempo encerrado para que ahora le queráis tener aquí toda la tarde.

— ¡Seguro que tomará mucho ahora! – contestó un pariente. – Esa cara de muchacha se volverá pronto negra como la pólvora.

— ¡Tú lo has dicho! – gritó Elias, pasándose las manos por la cara, avergonzado de su blancura.

Finalmente, Pietro consiguió que le hiciera caso, y estaba a punto de salir cuando llegó la futura suegra, una viuda delgada, alta y tiesa, con el rostro terroso envuelto en una toca negra. La acompañaban sus dos hijos más jóvenes: una muchacha y un jovencito lleno ya de orgullo.

— Hijo mío – dijo con énfasis la viuda, arrojándose con los brazos abiertos hacia Elias. – ¡Que el Señor te mande dentro de cien años otra de estas desgracias!

— ¡Dios lo quiera!

Tía Annedda iba afanosamente detrás de la viuda, deseosa de cumplimentarla; pero tío Portolu se apoderó de la mujer, le cogió las manos y la zarandeó.

— ¿Lo ves? – le gritó junto a la cara. – ¿Lo ves, Arrita Scada? El palomo ha vuelto al nido. ¿Quién nos toca ahora? ¿Quién se atreve? Dilo tú, Arrita Scada...

Ella no supo decirlo.

— Déjele que diga – exclamó Pietro, dirigiéndose a la viuda. – Hoy está alegre.

— ¡Porque tiene que estar alegre!

— Claro que estoy alegre. ¿Qué dices tú a eso? ¿No he de estar alegre? ¿No ves al palomo? Ha vuelto al nido. Es tan blanco como un lirio. Y ahora sabe contar muy bien historias. Arrita Scada, ¿me has oído? Somos una familia, una casa de hombres; y dile a tu hija que se casará con una flor y no con una basura.

— Así lo creo.

– ¿Lo crees? ¿O crees tal vez que tu hija vendrá aquí a hacer de criada? Vendrá a hacer la señora: encontrará pan y vino, y encontrará trigo, cebada, habas, aceite; de todo. ¿Ves aquella puerta? – gritó luego, haciendo volverse a tía Arrita hacia una portezuela que había al fondo de la cocina, – ¿la ves? ¿Sí? Pues bien: ¿sabes lo que hay detrás de ella? Cien escudos en queso. Y, además, otras cosas.

– Vamos, vamos – dijo Pietro, un poco mortificado. – A ella no le importan los tesoros de usted.

– Por otra parte, – observó Elias – Maria Maddalena Scada no se casará con Pietro por nuestro queso.

– ¡Hijo de mi corazón!, ¡de todo hace falta en el mundo! – sentenció tía Arrita, sentándose entre sus dos hijos, de los cuales el varón no hablaba, pero sonreía burlón.

– ¡Vamos, vamos, déjelo estar! – repetía Pietro.

Mientras tanto, tía Annedda, como no le dejaban decir una palabra, se había puesto a preparar el café para la *socronza*[4].

– Mi marido – le dijo apenas pudo tenerla consigo – está demasiado apegado a las cosas del mundo. No piensa que el Señor nos ha dado sus bienes sin que nosotros los mereciéramos y que el Señor nos los puede arrebatar de un momento a otro.

– Annedda mía, los hombres son todos así – dijo la otra para consolarla. – No piensan más que en las cosas del mundo. Dejémoslo estar. Pero ¿qué estás haciendo? No te tomes ninguna molestia. He venido solo un momentito y me voy en seguida. Veo que Elias está bien y tiene la cara blanca como una muchacha. ¡Dios le bendiga!

– Sí, parece que está bien, gracias al Señor. ¡Ha sufrido tanto, pobre pajarito!

– ¡Ah, esperemos que todo haya terminado! Seguro que no volverá con las malas compañías, porque han sido las malas compañías las que le han traído la desgracia.

– ¡Que Dios te bendiga!, tus palabras son de oro, Arrita Scada mía. Pero ¿de qué hablábamos? Los hombres solo piensan en las cosas del mundo; si pensaran un poquitín nada más en el mundo de

---

4) Suegra del hijo o de la hija.

más allá, irían más derechos en este. Piensan que esta vida terrenal no se tiene que acabar nunca; en cambio, esta vida es una novena, una novena y, además, corta. Sufrimos en este mundo, hagamos que este pollito de aquí – se tocó en el pecho – esté tranquilo y no nos acuse de nada; el resto, que vaya como quiera. Ponte azúcar, Arrita, procura que el café no sea amargo.

– Está bien así; no me gusta dulce.

– Bien; estamos diciendo que basta con tener la conciencia tranquila. En cambio, los hombres no se preocupan de esto. A ellos les basta con que el año sea bueno, que se produzca mucho queso, mucho trigo y muchas aceitunas. ¡Ah, ellos no saben que la vida es tan breve, que todas las cosas del mundo pasan tan aprisa! Dame tu tacita, no te molestes. ¡Ah!, no es nada, la cucharilla que se ha caído. ¡Las cosas del mundo! Ve, Arrita Scada, ve a la orilla del mar y cuenta y cuenta todos los granitos de arena: cuando los hayas contado, sabrás que no son nada en comparación con los años de la eternidad. En cambio, nuestros años, los años que hay que pasar en el mundo, caben dentro del puño de un niño. Yo siempre digo estas cosas a Berte Portolu y a todos mis hijos, pero ellos están demasiado apegados al mundo.

– Son jóvenes, Annedda mía; hay que tener en cuenta esto, que son jóvenes. Pero ya verás cómo Elias se ha vuelto más juicioso; es serio, muy serio. La lección no ha sido pequeña y le servirá para toda la vida.

– ¡La Virgen de Valverde lo quiera! ¡Ah, Elias es un joven de corazón! Cuando era muchacho parecía una mujer, no decía una maldición, ni una mala palabra. ¿Quién lo hubiera creído que, precisamente él, me tendría que hacer verter tantas lágrimas?

– Basta, ahora ya está todo pasado: ahora tus hijos parecen de verdad unos palomos, como dice Berte, tu marido. Basta que entre ellos reine siempre la concordia, el amor...

– ¡Ah!, en esto no hay peligro, ¡que Dios te bendiga! – dijo tía Annedda, sonriendo.

Después de cenar, tía Annedda pudo finalmente quedarse a solas con Elias, sentados ambos al fresco, en el patio. El portal estaba abierto, la calleja desierta. Parecía una noche de verano, silenciosa, con el cielo diáfano florecido de estrellas purísimas. Más allá de los huertos, más allá de la carretera, en la lejanía, se oía el tintineo argentino de las ovejas que pacían; el aire traía un áspero perfume de hierba fresca. Elías respiraba ese perfume, ese aire puro, con las narices dilatadas, con un instinto de voluptuosidad salvaje. Sentía que la sangre le corría caliente por las venas y se notaba la cabeza oprimida por un agradable peso. Había bebido y se sentía feliz.

– Hemos estado en casa de la novia de Pietro – dijo con voz vaga, – es una muchacha bastante bonita.

– Sí, es morena, pero es bonita. Además, es bastante juiciosa.

– Su madre me parece un poco fanfarrona: si tiene un céntimo, hace ver que tiene un escudo; pero la muchacha parece modesta.

– ¿Qué quieres? Arrita Scada es de buena raza y lo tiene a gala; por otra parte – dijo tía Annedda, entrando en su tema favorito, – yo no sé qué se gana con la fanfarronería y la soberbia. Dios dijo: "Tres cosas solamente debe tener el hombre: amor, caridad, humildad". ¿Qué se saca de las demás pasiones? Tú ahora has experimentado la vida, hijo mío, ¿qué dices tú a eso?

Elías suspiró profundamente y levantó el rostro hacia el cielo.

– Usted tiene razón. Yo he experimentado la vida, no es que me mereciera la desgracia que he tenido, porque, como usted sabe, yo era inocente, sino porque a cada cerdo le llega su san Martín. He sido mal hijo y Dios me ha castigado, me ha hecho envejecer antes de tiempo. Las malas compañías me habían llevado por el mal camino, y por ir con malas compañías es por lo que me he encontrado envuelto en aquella desgracia.

– Y aquellos compañeros, mientras tú sufrías, ni siquiera preguntaban por ti. Antes, cuando estabas libre, no dejaban en paz esta puerta: "Elías, ¿dónde está?, ¿dónde está Elías?". Elías arriba y Elías abajo. ¿Y luego? Luego se alejaron, o si tenían que pasar por la calle, se encasquetaban la barretina para que nosotros no los reconociéramos.

– ¡Basta, madre! Ahora todo ha terminado, empiezo una vida nueva – dijo él, suspirando otra vez. – Ahora, para mí, no existe más que mi familia: usted, mi padre, mis hermanos. ¡Ah!, créame, les haré olvidar todo lo pasado. Seré como un criado, los obedeceré, y me parecerá que he vuelto a nacer.

Tía Annedda sintió que los ojos se le inundaban de lágrimas de dulzura, y como le pareció que también Elias estaba demasiado conmovido, desvió la conversación.

¿No has estado nunca enfermo? – preguntó. – Has adelgazado mucho.

– ¿Qué quiere? En *aquel sitio* uno adelgaza, aunque no esté enfermo. El no trabajar mata más que cualquier fatiga.

– ¿No trabajabais nunca?

– Sí, se hacen trabajitos manuales, composturas de zapatero o labores femeninas. Así parece que el tiempo no pasa nunca: un minuto parece un año. Es una cosa horrible, madre mía.

Callaron. La voz de Elias había adquirido un tono profundo al pronunciar estas últimas palabras. Durante la tarde, en la primera embriaguez de la libertad, había hablado fácilmente de su cárcel y de sus compañeros de desventura, pareciéndole todo ello una cosa ya lejana, casi agradable de recordar. Pero ahora, de repente, en aquella oscuridad silenciosa, al percibir el olor fresco del campo que le recordaba los primeros días felices de su juventud transcurrida en la majada, en la ilimitada libertad de la *tanca*⁵ paterna, delante de su madre, de aquella viejecita buena y pura, el recuerdo de los años perdidos en vano en la angustia de la cárcel le producía horror.

– Me siento bastante débil, – dijo al cabo de un rato – no tengo fuerzas para nada: es como si me hubieran roto la espalda. Y, sin embargo, nunca he estado enfermo. Solo una vez he tenido un cólico tremendo y me parecía que me iba a morir. "*Santu Frantziscu* mío, – dije entonces – sacadme de este horror, y la primera cosa que haga, al volver a la libertad, será ir a vuestra iglesia a llevaros un cirio."

– *Santu Frantziscu bellu!* – exclamó tía Annedda, juntando las manos. – ¡Iremos, iremos, hijo mío! ¡Que Dios te bendiga! Volverás a tener fuerzas, no lo dudes. Iremos a hacer la novena a San Francisco, y Pietro vendrá a la fiesta y llevará a la grupa de su caballo a su novia.

– ¿Cuándo se casa Pietro?

---

5) Gran extensión de terreno cercado.

– Se casará después de la cosecha, hijo mío.

– ¿Y traerá aquí a su mujer?

– Sí, la traerá aquí, al menos durante los primeros tiempos. Yo empiezo ya a ser vieja, hijo mío, y tengo necesidad de ayuda. Mientras viva, quiero que estemos todos unidos; luego, cuando vuelva al seno del Señor, que cada uno de vosotros se vaya por su camino. También tú te casarás...

– Y ¿quién va a quererme? – dijo él, con amargura.

– ¿Por qué hablas así, Elias? ¿Quién va a quererte? Una hija de Dios. Si te enmiendas, si llevas una vida honrada, con temor de Dios, trabajando, fortuna no te faltará. Yo no digo que tengas que buscar a una mujer rica, pero una mujer honrada no te faltará. El Señor ha instituido el matrimonio para que se unan santamente un hombre y una mujer, y no un rico y una rica, un pobre y una pobre.

– ¡Vaya! – dijo él, riendo. – ¡No hablemos de esto! Acabo de volver y ya hablamos de matrimonio. Hablaremos otro día: tengo solo veintitrés años y aún hay tiempo. Pero usted está cansada, madre mía. Vaya, vaya a descansar. Vaya.

– Voy; pero retírate también tú, Elias. El aire te podría hacer daño.

– ¿Daño? – dijo él, abriendo la boca y respirando con fuerza. – ¿Cómo puede hacerme daño? ¿No ve que me devuelve la vida? Váyase. Entraré en seguida.

Al cabo de un momento se encontró solo, medio tumbado en el suelo, con el codo apoyado en el escalón de la puerta. Oyó a su madre que subía por la escalerilla de madera, que cerraba el ventanuco y se quitaba los zapatos. Luego, todo quedó en silencio. El aire se iba volviendo fresco, casi húmedo, aromático. Pensó en las cosas que su madre le había dicho. Luego se dijo: "Mi padre y mis hermanos duermen tranquilos en sus esteras: los oigo desde aquí. Mi padre ronca; Mattia dice, de cuando en cuando, alguna palabra: sueña, sin duda, y hasta en sueños es un poco simple. Pero ¡qué bien duermen! Se han emborrachado, pero mañana no sentirán ninguna molestia. También yo me he emborrachado un poco, pero lo notaré. ¡Qué débil soy! Ya no soy un hombre, y nunca más haré nada bueno. ¡Y mi madre quiere casarme! Pero ¿qué mujer me quiere? Ninguna. Basta, el aire se hace húmedo; retirémonos."

Pero no se movió. Seguía oyéndose el tintineo de los rebaños que pacían, y a veces parecía próximo o lejano, transportado por la brisa húmeda y fragante. Elias se sentía cansado, con la cabeza pesada, y no podía moverse, o le parecía así. Confusas visiones vacilantes empezaron a ondular su fantasía: seguía recordando la majada, la *tanca* cubierta de heno altísimo, y veía a las ovejas, abultadas por su largo pelo, diseminadas entre el verde de los pastos, pero esas ovejas tenían caras humanas; las caras de sus compañeros de desventura. Y experimentaba una angustia indefinible. Tal vez era el vino, que, al fermentarle en la sangre, le producía un poco de fiebre. Recordaba todos los acontecimientos de la jornada, pero le parecía que había soñado, que se encontraba todavía en *aquel sitio* y que sentía un sombrío dolor.

Las imágenes fantásticas de su sueño ondulaban, se alejaban, se desvanecían. Ahora le parecía que aquellas extrañas ovejas de cara humana saltaban el muro que cerraba la *tanca,* y él iba detrás de ellas, afanosamente, saltando también el muro y adentrándose en la *tanca* vecina, poblada de alcornoques altos, verdísimos. Un hombre alto, rígido, membrudo, con una barba entre gris y rojiza, una especie de gigante, caminaba lentamente, casi majestuosamente, por el bosque. Elias le reconoció en seguida: era un hombre de Orune, un salvaje sabio, que vigilaba la inmensa *tanca* de un terrateniente de Nuoro pára que no extrajeran fraudulentamente el corcho de los alcornoques. Elias conocía desde niño a aquel hombre gigantesco que nunca reía, y acaso por eso gozaba de una cierta fama de sabio. Se llamaba Martinu Monne, pero todos le llamaban el *Padre de la Selva (su babbu 'e su padente),* porque él contaba que, desde su infancia, no había dormido ni una sola noche en el pueblo.

— ¿Adonde vas? – preguntó Elias.

— Voy siguiendo a estas ovejas locas. Pero ¡estoy tan cansado, padre mío de la selva! No puedo más, estoy débil y deshecho; ya no sirvo para nada.

– Si no quieres tener líos, métete a cura – dijo tío Martinu con su voz poderosa.

– ¡Ya se me ha ocurrido esta idea varias veces en *aquel sitio!* – gritó Elias.

Se estremeció, se despertó y sintió un calofrío.

"Me he dormido aquí, – pensó, levantándose, – cogeré un mal aire."

Entró en la cocina con paso inseguro. El padre y los hermanos dormían pesadamente en sus esteras, y una luz ardía colocada sobre la piedra del hogar. Para Elias, pobrecito, tan debilucho, habían preparado una cama en una pequeña habitación de la planta baja. Cogió la luz, atravesó una habitación en la que, sobre grandes tablones, había una abundante cantidad de queso amarillo y oleoso que exhalaba un olor desagradable, y entró en la habitación.

Se quitó la ropa, se metió en la cama y apagó la luz. Se sentía la espalda rota, la cabeza pesada, y, sin embargo, no conseguía dormirse, oprimido de nuevo por un duermevela casi angustioso, lleno de sueños confusos. Veía de nuevo la *tanca,* el heno, las ovejas gordas de lana amarilla enmarañada, la raya verde del bosque vecino. Tío Martinu estaba todavía allí, pero ahora se encontraba cerca del muro, alto, sucio, tieso, majestuoso.

En pie también, junto al muro, por el lado de su *tanca,* Elias le contaba muchas cosas de *aquel sitio.* Entre otras, le decía: «Nos llevaban siempre a misa», nos hacían confesar y comulgar con frecuencia. ¡Ah, allá se es buen cristiano! El capellán era un santo varón. Yo le dije una vez, en confesión, que había estudiado hasta la segunda gimnasial[6] y que luego me había hecho pastor, pero que muchas veces me había arrepentido de no haber continuado estudiando. Entonces él me regaló un libro, escrito por un lado en latín y por el otro en italiano: el libro de la Semana Santa. Yo lo he leído más de cien, ¿qué digo?, más de mil veces, y me lo he traído aquí. Lo sé leer tanto en latín como en italiano.

– Entonces, ¡eres un sabio!

---

6) El *ginnasio* correspondía a la educación secundaria, desde los 11 a los 16 años.

– ¡No tanto como usted! Pero tengo temor de Dios.

– Pues bien: cuando se teme a Dios, se es más sabio que los reyes – decía tío Martinu.

Aquí el sueño de Ellas se confundía, se entremezclaba con otros sueños más o menos extravagantes.

II

Aunque Mattia insistió en que Elias fuera pronto con él a la majada, el ex-preso, durante algunos días, se quedó en casa, recibiendo
visitas de amigos y parientes y descansando.

Tío Berte y Mattia regresaron a la majada; Pietro, a sus trabajos;
pero ya el uno, ya el otro, volvían al pueblo, por la noche, para ver a
Elias y hacerle compañía. Entonces celebraban grandes conversaciones
y se explicaban muchas cosas alrededor del fuego, o en el patio, en las
tardes límpidas y primaverales. Elias no sufría la vigilancia especial
que suele seguir ahora al cumplimiento de la condena como una
prolongación; si bien, durante los primeros tiempos, no le perdían de
vista y a veces, por la tarde, los carabineros recorrían con paso cansino
la calleja, se detenían y asomaban la cabeza por el portal de tío Berte.

Si tío Berte estaba en la casa y sus ojillos enfermos de zorro
distinguían a los carabineros, pronto se levantaba, entre respetuoso
y burlón, iba hasta el portal y les invitaba a entrar.

– ¡Bienvenido el rey, bienvenida la fuerza! – gritaba. – Entrad,
jóvenes; pasad a beber un vaso de vino. Qué, ¿no queréis entrar?
¿Qué creéis, que estáis en una casa de asesinos o de ladrones?
Nosotros somos unos caballeros y vosotros no tenéis que meter
la nariz en nuestros asuntos.

Los carabineros, dos muchachos colorados y membrudos, se
dignaban sonreír.

– ¿Entráis o no entráis? – proseguía tío Portolu. – ¿Voy a tener
que tirar de vosotros? ¿Queréis que os haga entrar por la fuerza?,
pues cuidado, que me quedo con un pedazo en la mano. Si no
queréis entrar, idos al diablo. ¡Tío Portolu tiene buen vino!

Los carabineros acababan por entrar, y en seguida aparecía
tía Annedda con la famosa garrafa.

– ¡Viva el rey, viva la fuerza, viva el vino! Bebed, y que la
Justicia os ajuste las cuentas...

– ¡Oh, oh! – observaba Mattia, si estaba, – ¿qué dice, padre?
Entonces tendrían que ajustárselas a sí mismos.

– ¡Ja, ja, ja!

– No es cosa de risa. Bebed, hijos míos, y bebe también tú, Mattia, que te va bien para la cabeza, y tú, Elias, que tienes en la cara el color de la ceniza. ¡Para ser hombres, colorados hay que estar! ¿Ves a estos jóvenes? Así de colorados hay que estar. Vaya, os ponéis todavía más colorados, ¡qué diablo! ¿Os avergonzáis tal vez de las palabras de tío Portolu? ¡Ah!, tío Portolu ha hecho subir los colores a la cara a mucha gente. Ha hecho enrojecer hasta a los dragones tío Portolu. ¿Vosotros no sabéis quién es tío Portolu? Pues bien, os lo diré: soy yo.

– ¡Mucho gusto! – decían los dos jóvenes, inclinándose y riendo. Se divertían, y el vino de tío Portolu era verdaderamente bueno, picante y aromático.

Tío Portolu se tomaba la libertad de poner las manos encima de los carabineros.

– ¿Qué os creéis que sois vosotros? ¡La fuerza! ¡Un cuerno! Esperad que os quite este cuchillo largo, esta pistola, esos botones, ¿qué queda de vosotros?: un cuerno, ya os lo he dicho. Pongamos estas cosas a Elias, a Mattia, a mi Pietro: helos aquí, son mejores que vosotros. Tres flores, tres palomos. ¡Mis hijos! A mis hijos vosotros no tenéis nada que decirles. No tienen ninguna necesidad de ir a robar, porque nosotros tenemos bastante y nos sobra para echárselo a los perros y a los cuervos.

– ¡Hala! – decía Elias, que se sentaba silencioso en un rincón. – Eso es demasiado, padre mío.

– Déjale decir... – murmuraba Mattia, satisfecho de las baladronadas del padre.

– Tú cállate, hijo mío. Tú, de estas cosas, no entiendes. Tú has nacido ayer. Pero ¿qué estáis haciendo, jóvenes? Bebed, bebed, ¡qué diablo! El hombre ha nacido para beber, y nosotros somos hombres.

– Todos somos hombres, – concluía filosóficamente, con acento persuasivo, – hombres, vosotros y nosotros, y tenemos que compadecernos mutuamente. Hoy vosotros tenéis las espadas y representáis al rey, que el diablo huya de él, pero ¿y mañana? Mañana puede darse el caso de que representéis a un cuerno, y puede darse el caso de que tío Portolu sea entonces útil. Porque yo tengo buen corazón, esto os lo puede decir todo el pueblo, como tío Berte hay pocos. Pero también mis hijos tienen un buen corazón, tienen el corazón de palomo. Si pasáis por nuestra majada en la *Serra*, os daremos leche, queso y hasta miel. ¡Nosotros tenemos hasta miel! Pero vosotros, jóvenes, cerrad un ojo, o incluso los dos, y no contéis al rey todas las cosas que veáis, porque, al fin, todos somos hombres, todos nos podemos equivocar...

Los dos jóvenes reían, bebían y, si hacía falta, cerraban de verdad un ojo, e incluso los dos, ante las debilidades de los Portolu y de sus amigos.

A propósito de amigos, fueron a ver a Elias también aquellos de cuya mala compañía él y la familia hacían depender la 'desgracia', y a pesar de sus propósitos de no recibirlos, es más, de darles con la puerta en las narices si se atrevían a ir, Elias los acogió cristianamente y tía Annedda les dio de beber.

– ¿Qué remedio nos queda? – dijo ella cuando se hubieron ido. – Hay que ser cristianos y compasivos. ¡Que Dios los perdone!

– Y es mejor estar en paz con todos. El Señor ordena la paz – repuso Elias.

– Que Dios te bendiga, Elias; has dicho una gran verdad.

¡Ah, qué contenta se ponía tía Annedda cuando su hijo hablaba de Dios! ¡Y cuando le veía volver de misa, y cuando leía en aquel gran libro negro que había traído de *aquel sitio!*

"¡Dios sea alabado! – pensaba conmovida. – Vuelve a ser bueno como lo era de niño."

Mientras tanto, la madre y el hijo se preparaban para cumplir la promesa hecha a San Francisco.

La iglesia de San Francisco se eleva en las montañas de Lula. La leyenda dice que fue edificada por un bandido que, cansado de su vida errabunda, prometió someterse a la Justicia y levantar la iglesia si le absolvían. De todos modos, la leyenda, verdadera o no, los priores, es decir, los que dirigen la fiesta, se sortean cada año entre los descendientes del fundador o de los fundadores de la iglesia. Todos esos descendientes, que hasta se llaman parientes de San Francisco, forman, durante el tiempo de la fiesta y de la novena, una especie de Comunidad y gozan de ciertos privilegios. Los Portolu se contaban entre ellos. Pocos días antes de la marcha, Pietro se trasladó a San Francisco con su carro y sus bueyes, y trabajó gratis, junto con otros campesinos y albañiles, algunos de los cuales trabajaban por "promesa". Arreglaron la iglesia y las pequeñas habitaciones construidas alrededor y trasladaron la leña que debía arder durante el tiempo que durara la novena. Tía Annedda, por su parte, envió una cierta cantidad de trigo a casa de la prioresa, y, junto con otras mujeres de la *tribu* de los descendientes de los fundadores de la iglesia, ayudó a limpiar la harina y a hacer el pan que tenían que llevarse a la novena. Una parte de este pan fue, por medio de un mensajero del prior, enviado como regalo a las majadas de la campiña de Nuoro. A cada majada, un pan. Los pastores lo recibían con devoción, y a cambio daban cuanto podían de sus productos: algunos, dinero y corderos vivos; otros prometían dar vacas enteras, que aumentarían los bienes del santo, rico ya en tierras, dinero y rebaños. Cuando el mensajero llegó a la majada de los Portolu, tío Berte se descubrió, se persignó y besó el pan.

– Ahora no te doy nada, – le dijo al mensajero – pero el día de la fiesta yo estaré allí, con mi mujercita, y llevaré al Santo una oveja no esquilada y toda la *entrada*[7] de un día de mis rebaños. Tío Portolu no es avaro y cree en San Francisco, y San Francisco le ha ayudado siempre. Ahora vete con Dios.

Tía Annedda, mientras tanto, proseguía sus preparativos: hizo pan especial, bizcochos y dulces de almendras y miel; compró café, rosoli y otras provisiones. Elias seguía con interés afectuoso el tráfago tranquilo de su madre y a veces la ayudaba. Casi nunca salía de casa, seguía sintiéndose débil y, a veces, sus ojos azul verdoso, un poco hundidos, tenían una fijeza vítrea y se perdían en el vacío, en la nada: parecían los ojos de un muerto.

Finalmente llegó el día de la marcha. Era un domingo de primeros de mayo. Todo estaba dispuesto dentro de las alforjas de lana, y aquí y allá, en las calles, se veía algún carro cargado, de utensilios y provisiones con los bueyes uncidos para la partida.

---

7) El producto.

Tía Annedda y Elias, antes de partir, fueron a oír misa en la pequeña iglesia del Rosario. Poco antes que la misa empezara, llegó un hombre, un vecino, se dirigió a un altar y cogió una pequeña hornacina de madera y cristal dentro de la cual había un pequeño San Francisco. Cuando iba a salir, algunas mujeres le hicieron señas para que se acercara y les dejara besar la hornacina; también Elias le llamó con un gesto de la cabeza y besó el vidrio a los pies del Santo.

Poco después todos estaban en camino. El prior, un vecino todavía joven, con la barba casi rubia, montaba un hermoso caballo gris y llevaba el estandarte y la hornacina; seguían otros vecinos, con mujeres en la grupa de los caballos; mujeres que cabalgaban solas, mujeres a pie, niños, carros, perros. Cada uno, sin embargo, viajaba por su cuenta, quién a un lado del camino, quién a otro.

Elias, con tía Annedda a la grupa de una mansa yegua dosalba, era de los últimos. Un potrillo, hijo de la yegua, poco mayor que un perro, los seguía de cerca.

Era una mañana bellísima. Las duras montañas hacia las que caminaban surgían azules sobre el cielo todavía incendiado por las llamas violadas de la aurora. El salvaje valle del Isalle estaba cubierto de hierbas y de flores. Sobre el sendero rocoso se desgranaban, como grandes lámparas encendidas, las retamas de oro amarillo. El fresco Orthobene, coloreado por el verde de los bosques, por el oro de la retama, por roja flor del musgo, se alejaba a espaldas de los caminantes, sobre el fondo perlado del horizonte. De repente, el valle se abrió: aparecieron solitarias llanuras cubiertas de sembrados todavía tiernos, brillantes de rocío, que, bajo los rayos del sol, todavía bajo, tenían una luminosa oscilación plateada. Los prados, cubiertos de amapolas, de tomillo, de margaritas, exhalaban excitantes perfumes.

Pero los caminantes tenían que subir las montañas y dejaron a un lado las llanuras que conducían al mar. El sol comenzaba a caer con fuerza, y los toscos caballeros de Nuoro empezaron a beber para 'refrescar la garganta', deteniendo de cuando en cuando a los caballos e inclinando la cabeza bajo las calabazas talladas donde guardaban el vino. Todos estaban muy alegres. Algunos espoleaban de cuando en cuando a los caballos y se entregaban a un ágil galope, luego a una carrera desenfrenada, inclinándose un poco hacia atrás y emitiendo gritos salvajes de alegría.

Elias los seguía sin pestañear y su rostro se iluminaba: también él tenía ganas de gritar, sentía un estremecimiento por los riñones, un instintivo recuerdo de cosas lejanas, una necesidad de entregarse una vez más al ágil galope, a la carrera embriagada y libre; pero el brazo delgado de tía Annedda le oprimía la cintura, y él no solo reprimía sus instintos de hombre primitivo, sino que permanecía bastante atrás de los demás caballeros, a fin de que el polvo que levantaban no ofendiese a la viejecilla.

Finalmente empezaron a subir la montaña. Densas manchas de lentiscos subían y bajaban entre el oscuro brillar del esquisto, consteladas de rosas silvestres en pleno florecimiento. El horizonte se extendía amplio y puro, el viento oloroso pasaba ondulando los verdísimos brezales. Inefable sueño de paz, de salvaje soledad, de silencio inmenso, apenas roto por el lejano canto del cuclillo y por las voces difuminadas de los caminantes. Y he aquí, de repente, el sublime paisaje profanado y desolado por las bocas negras y por las descargas de las minas. Luego, de nuevo, paz, sueño, esplendor de cielo, de piedras oscuras, de lejanías marinas; de nuevo, el reino ininterrumpido del lentisco, de la rosa silvestre, del viento, de la soledad.

En un determinado punto, sobre una alta explanada, entre los lentiscos, se detuvieron todos: algunas mujeres bajaron del caballo; los hombres bebieron. La tradición dice que allí quiso detenerse la estatua del Santo mientras la transportaban a la iglesuca, ¡y que quiso beber! Se columbraba la iglesia, con sus muros blancos y los tejados rojos, reclinada a media ladera entre el verdear de los brezales. Después de un breve descanso, reanudaron el camino. Y Elias Portolu y tía Annedda se quedaron los últimos. La meta se acercaba; el sol iba hacia su cenit; pero el viento agradable, oloroso de rosas silvestres, templaba su ardor.

He aquí el fondo de un pequeño valle, he aquí de nuevo, la subida: las blancas paredes, los tejados rojos, se acercaban. Valor, la subida se hace áspera y árida, ¡agárrese bien a la cintura de Elias, tía Annedda! La yegua está cansada, brillante de sudor; el potrillo ya no puede más. Valor. El campamento está cerca; he aquí la bella iglesia, con sus casitas alrededor, con su patio, con el muro que la ciñe, con el portal abierto de par en par. Parece un castillo todo él blanco y rojo, destacándose sobre el azul intenso del cielo, sobre él verde selvático de los brezales ondulantes.

Desde abajo, Elias y tía Annedda veían a los caballos y a los caballeros empujarse, agruparse, entrar apretadamente por el portal abierto de par en par, entre una nube de polvo. Los hombres perdían las barretinas; las mujeres, los pañuelos; algunas llevaban los cabellos sueltos, despeinados por el movimiento afanoso de la cabalgada. Una campana estridente sonaba en lo alto, y sus pequeños tañidos de alegría se rompían, perdiéndose en aquella inmensidad de cielo azul y de paisaje verde.

Elias y tía Annedda entraron los últimos. En el patio invadido por las hierbas silvestres, lleno de sol hirviente, había una confusión de hombres y de mujeres, un barullo de bestias cansadas y sudorosas. Chillaba algún niño, ladraba algún perro. Las golondrinas pasaban gritando por encima del patio, como asustadas al ver aquella gran soledad de la montaña animada tan de improviso. Y en verdad parecía como si una tribu errante hubiese venido de lejos para asaltar aquel pequeño poblado deshabitado. Las portezuelas se abrían, los cobertizos resonaban de gritos y de risas.

Elias ayudó tranquilamente a su madre a bajar del caballo, luego bajó él, ató la yegua y se cargó sobre la espalda, una después de otra, las repletas alforjas que contenían las provisiones y las mantas. Y los Portolu, al igual que los demás pertenecientes a la tribu de los fundadores de la iglesia, ocuparon su puesto en la *cumbissia mazore*. Esta *cumbissia* era una larguísima sala, medio oscura, toscamente enlosada, con el techo de cañas. A trechos, hundido en el suelo, hay un hogar de piedra, y en las toscas paredes, una gran clavija de madera. Cada una de esas clavijas indica el puesto hereditario de las familias descendientes de los fundadores.

Los Portolu tomaron posesión de su clavo y de su hogar, al fondo de la *cumbissia* que, en verdad, aquel año no estaba muy animada: solo había seis familias, el resto de los que acudían a la novena era gente que no pertenecía a la tribu y que, por tanto, ocupaba las otras numerosas y pequeñas habitaciones.

El prior, con su familia, cuyo puesto de honor estaba señalado por una alacena excavada en el muro y cerrada, ocupó, sin embargo, el espacio de dos o tres familias. Era una familia numerosa la del prior con una prioresa magnífica, gorda y blanca como una vaca, con dos hermosas hijas y una nidada de niños ya vestidos con el traje regional. El más pequeño, todavía en mantillas, tenía apenas un año; menos mal que entre los utensilios pertenecientes a la iglesia había también una cunita de madera blanca, donde colocaron en seguida al pequeño.

La instalación de los Portolu se llevó pronto a cabo. Tía Annedda colocó en un agujero de la pared su canasto de dulces, su pan y su café; sobre el hogar puso la cafetera y el puchero; a lo largo de las paredes dispuso el saco, la manta, el almohadón de tela roja, y colocó el cesto de caña con las tacitas y los platos. Eso fue todo. Como vecinos más próximos, los Portolu tenían a una pequeña viuda encorvada, con dos nietecillos; con los que en seguida trabaron amistosas relaciones, cambiándose regalos y cumplidos. Luego Elias quitó la silla a la yegua, y esta, con el potrillo, salió corriendo a pastar en el próximo brezal.

Mientras en el patio y en las habitaciones seguían los gritos, el barullo, la confusión, tía Annedda se fue a rezar a la iglesia; una iglesuca fresca, limpia, con el pavimento de mármol, y un gran Santo barbudo, que, en verdad, inspiraba más miedo que afecto. Poco después entró Elias en la iglesia, se arrodilló en las gradas del altar, con la barretina sobre un hombro, y rezó.

Tía Annedda le miraba intensamente, rezando con fervor: parecía como si fuera el santo al que dirigía sus maternales plegarias. ¡Ah!, aquel perfil delicado y cansado, aquel rostro blanco y sufrido, ¡cuánta ternura despertaban en ella! Y ver allí a su querido hijo, arrodillado a los pies del Santo, cumpliendo la promesa hecha en tierras lejanas, en lugares ingratos. ¡Oh!, era una cosa que oprimía el corazón de tía Annedda.

– *Santu Frantziscu bellu*, pequeño San Francisco mío, no tengo palabras para darte las gracias. Toma mi vida, si quieres, todo lo que desees; pero que mis hijos sean felices, que anden por los rectos caminos del Señor, que no estén demasiado apegados a las cosas del mundo, *Santu Frantzischeddu* mío!

Poco a poco, el barullo, el ruido, la confusión, cesaron: cada uno había ocupado su sitio, hasta el ilustrísimo señor capellán, un sacerdote que no mediría más de un metro treinta, de cara encendida, muy alegre, que silbaba melodías de moda y canturreaba cancioncillas casi casi de café concierto.

Se llevaron los caballos a pacer, se encendieron los hogares, y la magnífica priorsa y las demás mujeres de la tribu empezaron a guisar unas enormes calderas de menestra aderezada con queso tierno. ¡Qué alegre vida empezó entonces para aquella especie de clan pacífico y patriarcal! Se degollaban ovejas y corderos, se guisaban muchos macarrones, se bebía mucho café, mucho vino, mucho aguardiente. El capellán decía misa y novena, y silbaba y canturreaba.

La diversión mayor se producía, sin embargo, durante la noche, en la gran *cumbissia* alrededor de los altos y crepitantes fuegos de lentisco. Fuera, la noche era fresca, a veces casi fría. La luna caía sobre el vasto horizonte dando a los brezales un encanto salvaje. ¡Oh, pálidas noches de las soledades sardas! La llamada vibrante del autillo, la selvática fragancia del tomillo, el áspero olor del lentisco, el lejano murmullo de los bosques solitarios, se funden en una armonía monótona y melancólica, que da al alma una sensación de tristeza solemne, una nostalgia de cosas antiguas y puras.

Reunidos alrededor del fuego, los vecinos de la *cumbissia* mayor contaban historias picantes, bebían y cantaban. El eco de sus voces sonoras se perdía fuera, en aquella gran soledad, en aquel silencio lunar, entre los grupos de árboles bajo los que dormían los caballos.

Elias Portolu tomaba parte en la diversión con placer intenso casi infantil. Le parecía estar en un mundo nuevo: narraba sus vicisitudes y escuchaba las narraciones de los demás casi conmovido.

Además, había trabado relación con el señor capellán, y este nuevo amigo le hablaba con un lenguaje divertido, invitándole a gozar de la vida, a olvidar, a distraerse.

– Sirve a Dios en la alegría – le decía. – Bailemos, cantemos, silbemos, gocemos. Dios nos ha dado la vida para gozarla un poco. No digo pecar, ¡ah, no!, esto no. Además, el pecado deja el remordimiento, un tormento, amigo mío... Basta, tú lo debes de haber experimentado. Pero divertirse honestamente, ¡sí, sí, sí! Yo me llamo Jacu Maria Porcu, o bien padre Porcheddu, porque soy pequeño. Pues bien: Jacu Maria Porcu se ha divertido bastante durante su vida. ¡Bien hecho! Una noche vuelvo a casa después de medianoche. Mi hermana dice que estaba borracho; pero a mí me parece que no, amigo mío. "¿Qué me das de cenar, Anna?" "No te doy nada, pícaro Jacu Maria Porcu, es más de medianoche, no te doy nada." "Dame de cenar, Annesa; a un cura se le debe dar de cenar." "Bien, te doy pan y queso, pícaro Jacu Maria Porcu, es más de medianoche." "¿Pan y queso a un cura, a Jacu Maria Porcu?" "Sí, pan y queso, aquí lo tienes; cómelo si lo quieres; si no, déjalo." "¿Pan y queso a Jacu Maria Porcu?, ¿al padre Porcheddu? *Tè, tè, ziriu, ziriu*[8], ¡tomad!" y el padre Porcheddu se lo echa a los perros, ¡el padre Porcheddu! ¡Así se debe hacer, jovencito de cara pálida! Y qué, ¿porque soy un cura no me he de divertir? ¡Divertirse, sí; pecar, no!

L'amore si fa per ridere,
L'amore si fa per ridere,
Solo per ridere.
Oggi te, domani un'altra![9]

"¡Este hombre está loco!" pensaba Elias, riendo, pero se divertía, y las palabras de padre Porcheddu le impresionaban, le traían un soplo de vida, un deseo de cantar, de gozar, de divertirse.

Casi cada día, él, el padre Porcheddu, el prior, y algún otro amigo se alejaban caminando bajo la sombra de los altos árboles. Todo callaba en la metálica quietud del mediodía. Ante ellos, los pintorescos montes de Lula se perfilaban nítidos y azules sobre

---

8) Voces para llamar a los perros.

9) El amor se hace para reír, / el amor se hace para reír, / solo para reír. / Hoy tú, mañana otra!

el cielo puro, y en la lejanía, entre el verde de los brezales, los caballos corrían ágilmente, persiguiéndose en rápidos giros. Parecía un cuadro. Los amigos, agradablemente tendidos en la hierba, se contaban el uno al otro su pasado más o menos azaroso, las leyendas de la iglesia, historietas de mujeres, hechos épicos de los sardos antiguos. Con frecuencia, la conversación era interrumpida por un gorjeo, por un silbido del padre Porcheddu: es más, a veces el señor capellán se levantaba de repente y se echaba un bailecito él solo, o cantaba acompañando con expresiones grotescas sus cancioncillas libres.

Un día, la antevíspera de la fiesta, estaban precisamente así, a la sombra de un grupo de enormes lentiscos, y Elias acababa de contar cómo una vez un detenido compañero suyo había pegado a un guardián porque este había rechazado desdeñosamente la invitación de beber con unos reclusos, cuando se oyó un silbido trepidante, agudo, que, como una flecha, venía de la iglesia.

Elias, de un salto, se levantó, y gritó: – Este es el silbido de Pietro, mi hermano.

– ¿Y qué? – dijo el padre Porcheddu, – si es tu hermano, ya os veréis luego. ¿Por eso te emocionas?

– Debe de haber llegado también mi padre y tal vez la novia de Pietro. Vamos, vamos... – dijo Elias, y estaba realmente turbado.

– Si es así, vamos – dijo el prior. – Hay que honrarlos. Berte Portolu es un buen pariente de San Francisco. Además, Maria Maddalena Scada es una guapa muchacha.

– Si es así, vamos – exclamó el padre Porcheddu.

Elias le miró con desdén, pero el padre Porcheddu sostuvo la mirada, luego se rió y después canturreó su cancioncilla favorita:

L'amore si fa per ridere,
Solo per ridere.
Solo per ridere...

Mientras tanto, se encaminaban hacia la iglesia por un sendero apenas marcado entre las matas y el césped, entre el verde de la hierba olorosa. El silbido se repetía cada vez más próximo e insistente. Elias no se había engañado. Delante del pozo estaban Pietro y tío Portolu, y en medio de ellos, la luminosa figura de Maria Maddalena. Elias sintió un golpe en el corazón. Padre Porcheddu chasqueó la lengua y se quedó quieto, no encontrando palabras para expresar su admiración. Y eso que decía que era todo un experto.

Maddalena no era muy alta ni verdaderamente bella; pero era muy agradable, esbelta, con una finísima tez morena, rosada, los ojos brillantes bajo las tupidas cejas y la boca sensual. El corpiño de color escarlata, abierto sobre la blanca blusa, y el pañuelo florecido de orquídeas y de rosas, la hacían deslumbrante. Entre las toscas figuras de Pietro y de tío Portolu, semejaba la gracia entre la fuerza salvaje. De cerca, sus ojos brillantes, de grandes párpados, de largas pestañas, un poco oblicuos y entornados, un poco voluptuosos, fascinaban en el verdadero significado de la palabra.

– Bienvenidos – dijo Elias, adelantándose y estrechándoles la mano. – ¿Estáis aquí desde hace mucho tiempo? No os esperaba hasta mañana.

– Hoy o mañana es lo mismo – repuso tío Portolu. – Hola, buenos días a todos, buenos días al prior, buenos días a ese curita de cara roja. Dios le guarde. Se ve que es un cura, aunque lleve pantalones.

– ¿Qué decís a eso, padre Porcheddu?

– Con pantalones o sin ellos, todos somos hombres – contestó el capellán un poco picado.

Luego se dirigió a Maddalena y le hizo cumplidos.

– ¡Cuidado! – le dijo Elias, sonriendo, – el padre Porcheddu es tremendo con las mujeres.

– No más que tú – repuso rápido el cura.

– ¡Ja, ja! – rió suavemente Maddalena. – Yo no temo a nadie.

Y tío Portolu: – No temas a nadie, hija mía, paloma mía; no tengas miedo de nadie. Tío Portolu está aquí, y si no basta tío Portolu, está también su *lepa*.

Y sacando de la vaina el gran cuchillo que llevaba en el cinturón, lo blandió en el aire. El padre Porcheddu retrocedió, levantando las manos con un fingido gesto de cómico terror.

– ¡Éste es Mahoma! ¡Esto es una cimitarra! *Allargaribus.*

– ¿Qué quiere? – dijo tío Portolu, envainando la *lepa*. – Esta muchacha, esta paloma, ha sido puesta bajo mi cuidado por su madre, una paloma viuda. "Arrita Scada – le dije, – estate tranquila, a la paloma no le sucederá nada estando conmigo. Yo la defenderé, incluso contra mi hijo Pietro de oro, y contra todos los demás milanos y buitres."

Tío Portolu hablaba en serio, y de cuando en cuando dirigía miradas de salvaje afecto a la muchacha.

– Si es así, andémonos con cuidado – advirtió el padre Porcheddu. – Y ahora vamos a beber.

– A beber, sí, buen padre Porcheddu. Quien no bebe no es hombre, y ni siquiera sacerdote.

Mientras tanto, caminaban. Tía Annedda los esperaba con sus cafeteras, sus garrafas y sus cestas de dulces. Maddalena y su séquito irrumpieron en la *cumbissia* riendo y charlando. Pronto hubo un gran barullo de voces, gritos y carcajadas; un tintineo de vasos y de tazas. Se oía a tío Portolu que contaba que había hecho todo el camino con la oveja, prometida a San Francisco, atada a la grupa del caballo.

– ¡Era mi oveja más bonita! – decía al prior. – Tenía la lana así de larga. Tío Portolu no es un avaro.

– ¡Vete al diablo! – le contestaba el prior. – ¿No ves que es una oveja canosa, vieja como tú?

– El canoso lo serás tú, Antoni Carta. Si me insultas una vez más, te atravieso con mi *lepa*.

El padre Porcheddu tenía el vaso en la mano, la cabeza un poco ladeada y los ojos lisonjeros puestos en Maddalena y en las hermosas hijas del prior.

Sulla poppa del mio brik,
Buoni sigari fumando,
Col bicchier facendo trik,
Bevo rum di contrabbando[10].

---

10) A popa de mi brik, / fumando buenos cigarros / con el vaso haciendo, tric, / bebo ron de contrabando.

– ¡Ja, ja, ja! – reían las mujeres.

Solo Elias callaba. Sentado en una de las muchas sillas esparcidas por la *cumbissia* bebía a sorbos su vino, bajando y levantando de cuando en cuando la cabeza. Y cada vez que levantaba los ojos encontraba la mirada riente de Maddalena, sentada frente a él, a poca distancia, y aquellos ojos oblicuos, ardientes, le penetraban en el alma. Experimentaba una especie de embriaguez, un relajamiento de todos sus nervios, un placer casi físico, cada vez que la miraba.

Las voces, el parloteo, las carcajadas, las cancioncillas del padre Porcheddu, las exclamaciones de las mujeres, le llegaban como de lejos: le parecía que las estaba escuchando desde un lugar remoto, sin tomar parte en la diversión. Pero de repente alguien le dirigió la palabra, le hizo volver en sí, y Elias se despertó como de un sueño, se le oscureció el rostro, se levantó y salió rápidamente.

– ¿Adonde vas, Elias? – gritó Pietro, alcanzándole.

– Voy a ver los caballos. ¡Déjame ir! – le respondió casi rudamente.

– Los caballos están acomodados. ¿Por qué estás de mal humor, Elias? ¿Te molesta que haya venido Maddalena?

– ¡Qué va! ¿Por qué me dices esto? – preguntó Elias, mirándole.

– Me parecía que le ponías mala cara. Parece como si no te gustara. ¿Qué dices a eso, hermano mío?

– ¡Tú estás loco!, ¡todos estáis locos!; hasta ella, con toda su elogiada sabiduría, ríe demasiado.

Pietro no se ofendió. Por otra parte, él y todos los de su casa trataban a Elias como a un niño, es más, como a un enfermo; temían desagradarle y le contentaban con todo. También entonces, viendo que deseaba que le dejaran en paz, Pietro volvió junto a su novia.

"Están locos – pensaba Elias, vagando sin dirección fija. – Pero ¿y yo? Esta es la novia de mi hermano, ¿por qué la miro? ¿es que estoy loco?"

Se quedó fuera toda la tarde.

– ¿Dónde está Elias? – preguntaba de cuando en cuando tía Annedda, mirando a su alrededor, inquieta. – ¿Dónde habrá ido ese bendito muchacho? Ve a buscarle, Pietro.

Pero Pietro miraba a Maddalena – que, a decir verdad, no parecía muy enamorada de él o, por lo menos, no lo demostraba, tal vez para mantenerse dentro de la compostura aconsejada por su madre – y contestaba: – Voy, voy – pero no se movía.

– ¿Dónde estará Elias? – repitió tía Annedda al llegar la hora de la cena. – Portolu, ve a ver dónde está tu hijo.

Tío Berte, sentado en el suelo junto al hogar, asaba un cordero entero ensartado en un largo asador de madera. Se jactaba de que nadie en el mundo asaba mejor que él un cordero o un cochinillo.

– Ya voy, ya voy – repuso a su mujer. – Déjame primero que ajuste las cuentas con este animalito.

– El cordero está asado. Berte. Ve a buscar a tu hijo.

– El cordero no está asado, mujercita mía, ¿qué entiendes tú de eso? ¿O es que vas a dar consejos también sobre esto a Berte Portolu? Además, deja a los chicos que se diviertan; tienen que divertirse.

Pero ella insistía, y tío Berte estaba a punto de levantarse cuando Elias volvió. Tenía los ojos brillantes y el rostro encendido: estaba guapísimo, todos le miraron, tía Annedda suspiró y tío Berte se echó a reír de gozo al darse cuenta de que Elias estaba un poco borracho.

Pero Elias solo vio los ojos oblicuos y ardientes de Maddalena, y le entraron ganas de llorar como un niño.

"¡Está loca – pensó. – ¿Por qué me mira así? ¿Por qué no me deja en paz? Yo se lo diré a Pietro, se lo diré a todos. Si no le quiere, ¿por qué le engaña? Está loca, está loca; pero también yo estoy loco, yo no debo mirarla, yo no debo destrozarme el corazón. Ahora me voy allí, donde está Paska, la hija del prior, le hago la corte..."

– Paska – dijo, en efecto, acercándose al hogar del prior, – tú eres la más hermosa parienta de San Francisco.

– Y tú el más hermoso – respondió rápida la muchacha, que se afanaba en torno a un caldero.

Elias se sentó junto a ella, mirándola con extraña intensidad: ella reía contenta, pero en el fondo de su corazón, él se sentía morir.

Al fondo de la *cumbissia* Maddalena miraba, y de cuando en cuando bajaba sus grandes párpados, y sus grandes pestañas, pareciendo entonces una madona melancólica y resignada. Cuando la cena estuvo dispuesta, tío Berte llamó a Elias.

– Yo me quedo aquí, – gritó el joven – la más hermosa parienta de San Francisco me ha invitado a su hogar.

– ¡Tú vienes aquí! – gritó tío Portolu. – Nadie te ha invitado; pero, aunque te hubiesen invitado, yo no te lo permitiría... Si no vienes por las buenas, tío Portolu, tu padre, te hará venir por las malas.

Elias se levantó y obedeció, pero no quiso comer ni beber y contestaba con desagrado si le dirigían la palabra.

– ¿Por qué estás de mal humor? – le preguntó Maddalena con buenas maneras mientras terminaban de cenar. – ¿Porque te hemos quitado del hogar del prior? Ve, ve, vuelve y alégrate.

– Y bien, ¿y si vuelvo? – respondió él rudamente – ¿a ti qué te importa?

– ¡Ah, nada! – dijo ella, afectando indiferencia.

Y luego Maddalena se dirigió a Pietro, le sonrió y se preocupó solamente de él.

Elias se levantó, se alejó; pero, en lugar de detenerse de nuevo en el hogar de Paska, salió fuera y se sentó en el patio. Sentía una angustia confusa, febril, un deseo de morderse los puños, de gritar, de arrojarse al suelo y llorar. Sin embargo, en la embriaguez del vino y de la pasión, conservaba todavía la conciencia de sí mismo, y pensaba: "Me he enamorado de ella; ¿por qué me he enamorado de ella, San Francisco mío? Ayúdame, ayúdame tú. Soy un loco, San Francisco, ¡pero soy tan desgraciado!".

De las *cumbissias* salían, vibrantes en el silencio de la noche tibia y pura, confusos rumores de voces y de cantos, de gritos y de carcajadas. Elias distinguía la voz de su padre, los silbidos del padre Porcheddu, la risa de Maddalena, y, entre tanta fiesta, se sentía triste, desesperado, como un niño al que hubieran dejado solo en la salvaje soledad nocturna de los brezales.

III

Lentamente los rumores se apagaron y todo fue silencio sobre aquella especie de clan dormido, Elias entró y se tumbó al lado de Pietro, sobre el mismo haz de hierbas, que exhalaban un acre perfume. Toda la *cumbissia* estaba llena de yacijas de hierba; algún fuego brillaba todavía, proyectando trémulas claridades rojizas sobre aquel gran cuadro silencioso. Se veía de cuando en cuando una larga barba, un vestido de lana, una cara de mujer, una silla de montar, un perro acurrucado junto al hogar, un fusil colgado de la pared. Elias no podía dormir, le parecía que respiraba el aliento de Maddalena, tendida entre tía Annedda y tío Portolu, y seguía sintiendo un desesperado deseo de ella, pero lo combatía.

"No, no temas, hermano mío, – decía mentalmente, dirigiéndose a Pietro, – aunque se arrojara a mis brazos, yo la rechazaría. No la quiero: es tuya. Si fuera de otro, aun a costa de volver a *aquel sitio,* se la quitaría, pero es tuya. Duerme contento, hermano mío. También yo me casaré, pronto, en seguida. Pediré a Paska, la hija del prior."

"Y bien, – pensaba luego – soy un idiota. ¿Qué necesidad tengo de casarme, qué necesidad hay de pensar en las mujeres? También se puede vivir sin mujeres. ¿No he vivido tres años sin ni siquiera verlas? ¿Tal vez por eso, apenas vuelvo, la primera que veo me enamora? Pero soy un loco; dejemos estar a las mujeres que me hacen enloquecer. Durmamos."

Pero daba vueltas y más vueltas y no podía conciliar el sueño. Así pasó casi toda la noche y fue de los primeros en despertarse. Por el ventanuco abierto sobre un fondo plateado penetraba el frescor rosado de la aurora. Tía Annedda y Maddalena, todavía soñolientas, preparaban ya el café. Elias se levantó, pálido como un cadáver, con los cabellos enmarañados y la garganta seca.

– Buenos días – dijo Maddalena, sonriéndole. – Mire, tía Annedda, su hijo tiene la cara del color de la cera. Déle en seguida el café.

– ¿Te encuentras mal, hijo mío?

– Creo que me he enfriado – dijo él con voz ronca, carraspeando. – Déme de beber. ¿Dónde está nuestro cántaro?

Buscó, cogió el cántaro y bebió largo rato ávidamente. Maddalena le miraba y se reía.

– ¿Por qué te ríes? – dijo él, dejando el cántaro. – ¿Porque bebo en cuanto me levanto? Eso significa que ayer por la noche me emborraché. Y que el vino se ha hecho para los hombres.

– Tú no eres un hombre, – intervino tío Portolu, que había ya bebido aguardiente, – tú eres un muñeco de queso tierno; basta que una mujeruca te sople, puf... para que caigas en el suelo, muerto, deshecho.

– Bueno, sea, – dijo Elias, despechado, – basta que una mujerzuela me sople para que yo caiga muerto, pero dejadme todos en paz.

– ¡Ah, qué terrible mal humor tienes! – exclamó Maddalena. – ¿Tal vez porque estoy yo?

– Sí; precisamente, porque estás tú.

– ¡La paloma! – gritó tío Portolu, abriendo los brazos, – la paloma, que alegra los sitios por donde pasa, y mi hijo, este muñeco de ojos de gato, ¿dice que lo pone de mal humor? Ve, ve, ve, hazme el favor; vete de aquí, ¡hijo del Diablo! Si estás de mal humor, ¡vete al cuerno! Pero lo que sí es seguro es que tú a tío Portolu nunca le traerás otra rosa como esta que le alegre la casa.

Estas palabras hirieron a Elias en el corazón, porque de repente se acordó de que Maddalena tenía que ir a vivir a su casa, dentro de pocas semanas, cuando fuera la mujer de Pietro. ¡Ah, qué martirio sería! No, él no lo soportaría.

– Bebe el café, hijo mío – dijo tía Annedda. – Toma este bizcocho; alégrate, porque estamos en la fiesta, y San Francisco se ofende si nos ponemos tristes.

– Pero si yo estoy alegre, madre mía; estoy alegre como un pájaro. ¡Eh! – gritó luego, dirigiéndose hacia el hogar del prior, – buenos días, Paska florida.

Después, aquel día ni al siguiente nada interesante sucedió en el hogar de los Portolu. La víspera de la fiesta llegó mucha gente de

Nuoro y de los pueblos próximos. De Lula especialmente, por el sendero empinado, cortado en la montaña entre luminosas manchas de retama florida, bajaban largas hileras de mujeres vestidas con un traje un poco caricaturesco, con la cabeza exageradamente alargada por una cofia puesta debajo del gran pañuelo rayado, con las pesadas faldas cortísimas, con largos rosarios de los que pendían extraños adornos de plata.

También los Portolu tuvieron muchos huéspedes, y Elias y Pietro estuvieron todo el día con los jóvenes de Nuoro que habían llegado para la fiesta. Todos se emborracharon hasta perder la razón, cantaron, bailaron, gritaron. Había momentos en que Elias parecía enloquecido; reía hasta ponerse amoratado, centelleaban sus ojos verdes y emitía extraños gritos de alegría, largos *uaih* guturales, que parecían gritos de guerra de algún guerrero salvaje.

Maddalena, que ayudaba a tía Annedda a preparar las comidas, a servir vino y café a los invitados, le miraba de cuando en cuando de soslayo y murmuraba: – Está muy alegre su hijo, tía Anne'; mire qué colorado está. ¡Cómo se ríe!

Tía Annedda miraba a Elias, suspiraba y sentía una espina clavada en su corazón. Y un momentito que tuvo libre entró en la iglesia y rezó: – *Santu Frantziscu meu,* San Francisco hermoso, sácame esta espina del corazón. Elias, mi hijo, está volviendo a la mala vida. Se emborracha, se descuida, ya no es el que era. ¡Parecía tan bueno cuando volvió y prometía tantas cosas! Ten piedad de nosotros, San Francisco mío, pequeño San Francisco mío; hazle ir por el buen camino, conviértele, sepárale de los vicios, de los malos compañeros, de las cosas del mundo. San Francisco, hermano mío, ¡concédeme esta gracia!

El gran santo, severo, casi cruel, escuchaba desde lo alto de su altar, toscamente adornado con flamantes flores de todas las estaciones. Y pareció haber oído la plegaria de tía Annedda, porque aquella misma noche, cenando, Elias manifestó una idea suya. Se hablaba del padre Porcheddu; algunos le criticaban, otros se burlaban de él.

Elias, todavía borracho, es verdad, pero no mucho, se puso a defender a su amigo, y luego dijo: – Ladrad si queréis, perros roñosos, desvariad; él se ríe de vosotros, él está mejor que el papa. Y también yo me meteré cura.

Todos se rieron. Elias siguió: – ¿Por qué os reís, muertos de hambre, perros roñosos, animales, que no sois otra cosa que animales? Pues bien: sí, me haré cura. ¿Total, qué? El latín lo sé leer. Y espero llevaros a todos el viático y enterraros, muertos de hambre.

– ¿A mí también, hermano mío? – gritó Pietro.

– Sí, a ti también.

Y Maddalena: – ¿A mí también?

– ¡También a ti! – gritó Elias, excitado. – Y a ti, ¿por qué no? ¿Porque eres una mujer? Para mí, hombres y mujeres son todos la misma cosa; es más, las mujeres son más despreciables que los hombres.

– Esto no importa ahora – dijo tío Portolu, que escuchaba con mucha atención la palabras. de Elias. – Volvamos al tema. Así, pues, ¿quisieras meterte a cura?

– ¡Así parece! – gritó Elias sirviéndose de beber. – Bebed, bebed; servid, brindemos.

Se llenaron los vasos.

– Poco a poco – gritó tío Portolu, entre la alegría general – Razonemos antes de beber...

– Quien no bebe no es hombre, padre mío – dijo Pietro, repitiendo el axioma tantas veces pronunciado por su padre. Pero este se enfadó en serio y, más que hablando, gritó: – ¡Hasta las bestias razonan, hijo del Diablo! Y tú, respeta a tu padre, y da gracias a la presencia de estos amigos y de esta paloma, porque si no te daría tantos bofetones como pelos tienes en la cabeza.

– ¡Bum, bum, tío Portolu! ¡Eso es demasiado! ¡Hablar así a un novio!

– Maddalena mía, muerto soy si no me ayudas – gritó Pietro, riendo.

– ¡Paloma, ayúdalo! – dijo tío Portolu, con ironía.

Luego se dirigió de nuevo a Elias y le preguntó si de verdad había hablado en serio. Pero Elias bebía, reía, gritaba, y no contestó, y el anuncio de su extravagante propósito se había ya desvanecido entre la algazara de los convidados.

Pero alguien lo había acogido con emoción: tía Annedda. Esta callaba, un tanto por compostura, otro tanto porque no conseguía entender bien lo que se decía; pero miraba a su alrededor con ojos atentos. Maddalena le acercaba de cuando en cuando la cara a la oreja y le repetía parte de la conversación. Tía Annedda asentía con la cabeza y sonreía. ¡Ah, si Elias hubiese hablado en serio Pero ¿sería posible? ¡Un milagro tan grande! ¡Ah!, pero San Francisco podía hacer aquel y otros milagros. Elias era todavía joven, podía estudiar, podía salir adelante. Y aquel era su camino, el camino del Señor, porque.si se quedaba en el mundo, era joven perdido. Tía Annedda pensaba así porque conocía a su hijo.

En cuanto tuvo tiempo, tía Annedda entró en la iglesia para dar las gracias al Santo por la idea sugerida a Elias. Era de noche; las lámparas oscilaban delante del altar, esparciendo sombras y luces trémulas por la iglesia desierta. El gran santo, oscuro, parecía adormecido entre sus flores. Tía Annedda se arrodilló, luego se sentó en el fondo de la iglesia, rezando. Su pensamiento seguía puesto en Elias: le parecía ver ya a su hijo sacerdote, le parecía recibir ya los dones de trigo, las anforillas de vino tapadas con flores, las tortas y los *gatòs*[11] que los amigos regalarían al cura novicio.

Mientras así soñaba y rezaba, vio entrar a Maddalena. La joven iba a buscarla, se le acercó y se sentó a su lado.

– ¡Ah, está usted aquí! – dijo. – La buscábamos, y de repente he pensado que estaría usted aquí.

– Iré dentro de poco.

– Me quedo también un rato.

Callaron. Desde el patio llegaban confusos rumores, cantos y melodías melancólicas, vibrantes en la noche pura. Una voz armoniosa de tenor cantaba en la lejanía, entre el coro triste y acompasado del acompañamiento vocal de los cantos de Nuoro. Y aquellos cantos nostálgicos y sonoros, que parecían impregnados de la solemne tristeza de los brezales, de la noche, de la soledad, subían, se expandían, a través de los rumores de la muchedumbre, floreciendo el aire de ensueños.

---

11) Dulce sardo, compuesto de almendras, azúcar y miel.

Maddalena escuchaba, presa de una profunda tristeza. A veces le parecía reconocer aquella voz. ¿Era Pietro? ¿Era Elias? No lo sabía, no lo sabía, pero aquella voz y aquel canto entrañable difuminados en la noche le producían una voluptuosidad triste, casi morbosa. Y tía Annedda continuaba en su sueño, en su plegaria, sin advertir que Maddalena se estremecía y palpitaba a su lado como si fuera realmente una paloma en celo.

Pero de repente, los pensamientos de las dos mujeres interrumpieron su curso: un hombre entraba y avanzaba con paso incierto hacia el altar. Era la persona que ocupaba por entero el pensamiento de ambas mujeres: Elias. Elias se arrodilló en las gradas del altar, con la barretina sobre el hombro derecho, y empezó a golpearse el pecho, la cabeza y a gemir sordamente. La luz rojiza, oscilante de la lámpara le iluminaba desde arriba, dando un brillante reflejo a sus cabellos; pero él no pensaba que pudieran verle y proseguía en su fervor doloroso, gimiendo y golpeándose el pecho y la frente.

Las dos mujeres le miraban conteniendo la respiración, y tía Annedda se sentía casi feliz por el dolor de su hijo.

"Se arrepiente de haberse emborrachado – pensaba – hace buenos propósitos: bendito seas, San Francisco mío, pequeño San Francisco mío."

– Ven, salgamos; podría vernos y avergonzarse – dijo en voz baja a Maddalena, sacándola de la iglesia.

– ¿Qué tiene Elias? – preguntó Maddalena, turbada.

– Se arrepiente del exceso que ha hecho; es muy devoto, hijita mía.

– ¡Ah!

– Algunas veces es impetuoso, pero es un joven de conciencia, hijita mía; de mucha conciencia.

– ¡Ah!

– Sí, de mucha conciencia, hijita mía. Puede ser que caiga en la tentación, porque, como tú sabes, el Diablo está siempre alerta a nuestro alrededor; pero Elias sabe combatirlo y se moriría antes de cometer un pecado mortal. A veces la tentación le vence en pequeñas cosas, como hoy; ya has visto cómo se ha emborrachado y cómo ha hablado mal; pero luego se arrepiente amargamente.

– ¡Ah! – dijo Maddalena por tercera vez, y no sabía por qué, pero sentía que los ojos le ardían, llenos de lágrimas.

Atravesaron el patio y volvieron a entrar en la *cumbissia,* donde tío Portolu, Pietro y los amigos, sentados en el suelo, en torno al hogar, cantaban y jugaban. Maddalena se sentó en la penumbra, junto al ventanuco, más seria y compuesta que de costumbre. Pietro se le acercó y la miró intensamente.

– Estás seria, Maddalena. ¿Por qué? ¿Has visto a Elias? ¿Te ha dicho algo?

– No, no le he visto.

– Está de mal humor. Déjale que diga, ¿sabes?, no le hagas caso, trata a todos igual.

– ¡No me importa! – exclamó ella, con vivacidad. – Además, no me ha dicho nada incorrecto.

– ¡Además, tú eres prudente! ¿No es verdad que eres prudente? – dijo Pietro, acariciador, pasándole una mano por la espalda.

– ¡Déjame! – dijo ella de mala manera. – Ve y juega.

– No, yo me quedo aquí, Maddalena.

– ¡Vete!

– ¡No!

– Tío Portolu, diga a su hijo que vuelva a jugar.

– Pietro, hijo mío, deja en paz a la paloma. Ven aquí, ¡en seguida! ¿O quieres que me levante con el bastón y me haga obedecer?

Pietro volvió a ocupar su sitio.

– ¡Vaya, vaya, el viejo zorro se hace obedecer! – dijo alguien. Maddalena se volvió hacia la ventana y miró afuera, con el pensamiento ausente de la escena rumorosa que se desarrollaba a sus espaldas, con sus bellos ojos perdidos en un triste sueño. Era la noche tibia, y velada. La luna navegaba hacia el sur por un lago de vapores plateados. Las negras matas de los brezales, difuminados sobre fondos cenicientos, olían más que de costumbre.

Maddalena pensaba en Elias, y he aquí que, por segunda vez, como inconscientemente evocada por el pensamiento de la muchacha, la figura de Elias surgió ante ella. Pasó por debajo de la ventana y se alejó en aquel resplandor vaporoso de luna. ¿Adónde iba? ¿Adónde iba Elias? Maddalena sintió un nudo de lágrimas que le subía a los ojos y un estremecimiento que le recorrió las entrañas y le llenó la garganta.

Hubiese querido arrojarse por la ventana, correr detrás de Elias y envolverlo y ahogarlo con su pasión. Pero él desapareció, lejano, y ella se tragó secretamente sus lágrimas. Elias había hecho una promesa, había dicho mentalmente a su hermano: "Duerme contento, Pietro, hermano mío; es tuya, y, aunque se arrojara a mis brazos, yo la rechazaría".

Desvanecidos los vapores del vino, se sentía fuerte, y después de la crisis que le había arrastrado a los pies del Santo, casi alegre. Todos los desesperados proyectos que, fermentados por el licor y por las miradas de Maddalena, se habían arremolinado aquel día en su cerebro — la idea de hacerse cura, la idea de pedir por esposa a la hija del prior — se habían evaporado con la embriaguez. Ahora se sentía tranquilo, y, además, un poco avergonzado de cuanto había pensado y dicho durante aquella turbia jornada.

Fue a ver los caballos, que pacían tranquilos a la luz de la luna; los llevó a abrevar y luego volvió hacia la iglesia.

"Mañana volvemos" pensaba. "Pasado mañana, hacia la majada. Me quedaré meses enteros fuera de la ciudad, con mi padre, con aquel simple de Mattia, con los amigos pastores. ¡Qué buena vida! Cuando esté solo, allá abajo, todos estos días, todas estas tonterías me parecerán un sueño. ¡Bah!, las fiestas son bonitas y los santos son buenos; pero el vino, la gente, la diversión, encienden la sangre, y si uno no es juicioso, muy juicioso, puede cometer grandes errores y caer en la tentación. Bueno, vaya, ahora voy, me acuesto y duermo, porque la noche pasada no he reposado nada; luego, mañana... en marcha..., y pasado mañana nos vamos lejos, lejos. ¡Eh!, Elias Portolu, ¿tienes miedo de ti?... Pero ¿qué veo allí? Un hombre que duerme bajo una mata. No, no es un hombre. ¿Qué es, pues? Sí, es un hombre... ¡Oh padre Porcheddu!..."

Se inclinó lleno de asombro y sacudió al durmiente.

– ¡Eh, eh, padre Porcheddu! ¿Qué es esto? ¿Por qué está aquí? ¿No sabe que este aire le podría perjudicar, y que hay culebras y otros insectos entre la hierba?

Después de muchas sacudidas vigorosas, el padre Porcheddu se despertó asustado. Le costó trabajo reconocer a Elias, abrió varias veces los ojos, pero finalmente se recobró y se levantó.

– Vaya, vaya, he salido después de cenar, quería pasear, pero me parece que me he dormido.

– ¡También me lo parece a mí! Si no le hubiese visto, se habría quedado aquí hasta sabe Dios cuándo, y quién sabe lo que nos hubiéramos asustado al no verle regresar.

– No creas que haya bebido mucho, querido mío, no. He salido a ver la luna y me he sentado aquí. ¿Tú no sabes que yo he sido una vez poeta?

– ¡Oh!, ¡oh!

– ¿Nos sentamos un poco aquí? Mira qué hermosa noche. Sí, he sido poeta, y he impreso una poesía, pero como esta poesía era de amor, ¿qué me dice su Excelencia el obispo? Me manda que deje de escribir, que estas cosas no son propias de un sacerdote.

– ¿Y usted, padre Porcheddu?...

– Yo he dejado de escribir. Hijo mío, yo sé que tú me tienes por un loco...

– ¡Padre Porcheddu!

– ...un loco, pero soy un loco que no hace daño a nadie, y mucho menos a sí mismo. He sabido siempre vivir, he sido alegre, pero prudente. Así, aquella vez dejé de escribir, pero me ha quedado la costumbre, a veces, de fantasear. Mira qué hermosa noche, hijo mío. Es una de aquellas noches que invitan a pensar, a considerar la propia vida, a arrepentirse del daño hecho, a hacer buenos propósitos para el porvenir. Tú eres inteligente, Elias Portolu; no eres un pastor cualquiera y has estudiado y sufrido y puedes comprender estas cosas.

– Es verdad – dijo Elias con voz profunda.

Padre Porcheddu, con el rostro vuelto hacia el cielo, miraba la luna. También levantó los ojos, miró allá arriba; se sentía extrañamente enternecido.

– Eso es, hijo mío, – prosiguió el otro – tú entiendes todas estas cosas. Yo he comprendido que eres inteligente, y tú miras a la luna, no para adivinar las horas, como todos los pastores, sino con un sentimiento alto, solemne – Elias, a pesar de todo, no comprendió bien estas últimas palabras. – También tú, acaso, eres un poco poeta y podrías hacer poesías de amor...

– Eso no, padre Porcheddu.

El padre Porcheddu calló durante unos momentos, pensativo, grave; luego murmuró una cuarteta en sardo. Era una *invocación al mes de mayo*:

> *Maju, maju, bene 'eni.*
> *Cun totu sole e amore,*
> *Cun sa parma e cun su fiore,*
> *E cun sa margaritina...*[12]

Y Elias no dejaba de mirar la luna, preguntándose si seria capaz de componer una poesia para... Maddalena. ¡Ah, se estaba abandonando, y el Demonio recobraba su dominio!... Pero la voz del padre Porcheddu resonó, un poco grave, un tanto trémula, baja y, sin embargo, vibrante, en aquel gran silencio de luna velada, de brezal desierto oloroso.

– Tú miras a la luna, Elias Portolu; tú piensas en hacer una poesía... Ya está, lo he adivinado. Tú estás enamorado.

– ¡Padre Porcheddu!... – dijo Elias asustado, bajando la cabeza.

Notó de repente que aquel hombre que estaba a su lado sabía su doloroso secreto, y se ruborizó de vergüenza y de cólera. Hubiera querido arrojarse sobre el padre Porcheddu y destrozarlo.

– Tú estás enamorado de Maddalena. ¡Vamos, no te ruborices y no te enojes, hijo mío! Yo lo he adivinado, pero no te asustes, no creas que todos comprenden las cosas como las comprende el padre Porcheddu. Y bien, ¿qué vergüenza hay en ello? Ella es una mujer y tú eres un hombre, y como eres un hombre estás sometido a las pasiones humanas, a las tentaciones, que diría tía Annedda, tu madre. La vergüenza no está en eso, hijo mío; está en no saberse vencer. Pero tú vencerás. Maddalena...

– Hable bajo... – dijo Elias.

---

12) Mayo, mayo, ven, / con todo sol y amor, / con la palma y con la flor, / y con la margarita.

– Maddalena es para ti una cosa sagrada. Al mirarla es como si tú miraras a una santa. Tú lo has comprendido, ¿no es verdad?

– Yo..., yo lo he comprendido... – murmuró Elias.

– Perfectamente, tú lo has comprendido. ¡Ya he dicho yo que eres inteligente! ¿Lo ves para qué ha creado Dios el día y la noche? El día, para permitir al Demonio que combata contra nosotros; la noche, para que podamos recogernos en nosotros mismos y vencer las tentaciones. Las noches como esta están hechas para eso, porque en estas noches tan tranquilas, en el silencio, tenemos que pensar especialmente en que nuestra vida es breve, en que la muerte viene cuando menos se piensa y que de toda nuestra vida solo podemos ofrecer al Señor nuestras buenas obras, el deber cumplido, las tentaciones vencidas.

– ¿Y la poesía entonces? – preguntó Elias, sonriendo a flor de labio. Y parecía contento de haber sorprendido al padre Porcheddu contradiciéndose, pero su voz estaba alterada.

– La poesía es la voz de la conciencia cuando nos dice que hemos cumplido con nuestro deber. ¡Eh!, ¿qué dices a eso, Elias Portolu?

– Que es cierto.

– Muy bien. Entonces podemos irnos. Empieza a sentirse humedad, y, además, tú me has dicho que hay culebras. ¡Eh, eh!, dame la mano, ayúdame a levantarme..., yo no tengo veinte años para saltar como tú. Bravo, gracias; deja que me apoye en ti. ¿Qué dices ahora del padre Porcheddu? – preguntó luego, cogiéndose del brazo de Elias – Es un loco, puede retirarse tarde, beber, cantar, tirar el pan a los perros, pero no es malo. La conciencia, sobre todo la conciencia, Elias Portolu; acuérdate de la conciencia. ¿Qué es aquello? Una cosa negra, mira, ¿será una serpiente?

– No, es una raíz.

– Al vernos volver así, creerán que estoy borracho. Pero no me importa nada, porque no lo estoy. ¿Tú crees que lo estoy?

– ¡Oh, no! – gritó Elias con ímpetu.

– Muy bien, entonces te acordarás siempre de todo lo que te he dicho.

– Me acordaré.

– Yo quiero a tu familia – empezó a decir el padre Porcheddu; pero pronto se arrepintió de esas palabras, cambió hábilmente de conversación y durante toda la hora que permaneció con Elias no volvió a tocar aquel tema íntimo.

El nombre de Maddalena no volvió a pronunciarse, pero ahora Elias se sentía otro, fuerte, tranquilo, casi frío, decidido a luchar ferozmente contra sí mismo. Partirían a la mañana siguiente. El viejo prior había entregado el estandarte, la hornacina y las llaves al prior nuevo, elegido por sorteo el día anterior. La prioresa había repartido el pan y las provisiones que quedaban y la última caldera de *filindeu*[13] entre las familias de la gran *cumbissia,* Desde la aurora empezaron los preparativos para la marcha: se cargaron los carros, se ensillaron los caballos y se llenaron las alforjas. Partieron después de misa, y el nuevo prior cerró el portal. Las habitaciones, la iglesia, los brezales, volvieron a quedarse desiertos, reclinados sobre el fondo azul de las solitarias montañas.

Adiós. El autillo reanuda su grito prolongado, cadencioso, vibrante en el silencio infinito de los brezales. En las noches olorosas de lentisco, en los largos días luminosos, es el rey de la soledad, solo él impera, y su grito melancólico parece la voz soñadora del paisaje. Adiós. Los caballos trotan, galopan, suben y bajan por las verdes laderas de la montaña; la buena y brava tribu de los *parientes* y de los devotos de San Francisco vuelve a su pequeña ciudad, allá abajo, detrás de las frescas cimas del Orthobene; vuelve a su trabajo, a sus majadas, a sus mieses, a su vida dura. La fiesta ha terminado.

Tío Portolu llevaba a tía Annedda a la grupa de su caballo, y Pietro a su novia. Elias galopaba esta vez entre los primeros de la caravana; también él solía lanzarse a la carrera, con las narices dilatadas y los ojos encendidos, como si el viento tibio y perfumado que agitaba las breñas floridas y le rozaba el rostro acariciándole con fuerza le hubiese embriagado. Sin embargo, en el fondo estaba serio: no cantaba, no gritaba como los otros, y ni siquiera miraba a Paska, la hija del ex prior, junto a la cual solía encontrarse. Paska no dejaba de dirigirle alguna tierna, aunque tímida mirada, pero

---

13) Menestra espesa que se puede comer fría.

él pensaba: "¿Por qué he de engañar a nadie, y mucho menos a una muchacha inocente? No, no debo engañar a nadie, y mucho menos a mí mismo".

Recordaba las palabras del padre Porcheddu y los buenos propósitos de la noche anterior; por tanto, no se preocupaba de Paska, se alejaba de Maddalena y, sin tener conciencia de ello, intentaba huir de sí mismo, embriagándose inocentemente con el galope y las carreras de su ágil caballo.

Tío Portolu y tía Annedda montaban la yegua a la que seguía el potro. Pietro y Maddalena llevaban un caballo muy manso, delgado y debilucho. Iban, por tanto, los últimos, y tío Portolu no cesaba de observarlos. Hacia mediodía llegaron al Isalle. Según la costumbre, descabalgaron para almorzar, bajo un grupo de árboles, entre rocas cubiertas de musgo florido, a la orilla del río. Pronto estuvo montado el campamento, surgieron los fuegos, giraron los asadores, se pusieron las mesas. El mediodía era dulce. Grandes matas de adelfas se elevaban a lo largo del cauce del agua, inmóviles en el aire caliente; al fondo del valle, las mieses brillaban al sol. La hornacina que contenía el pequeño San Francisco fue depositada en el suelo, sobre un gran pañuelo extendido, y después de la comida, hombres y mujeres se agruparon a su alrededor, arrodillándose, besándola y depositando una ofrenda. Pietro fue con Maddalena, y más para que ella le viera que por devoción, depositó una gran ofrenda dentro de la hornacina; luego fue tía Annedda; después, Elias, que se entretuvo un tanto, dirigiendo al pequeño Santo miradas suplicantes. ¡Ah!, de nuevo se sentía perdido: el calor, el sopor de aquel día sereno, el vino, la presencia de Maddalena, le atormentaban duramente. Pero el pequeño Santo escuchó sus plegarias y le dio valor para alejarse y tumbarse a la orilla del agua, bajo las adelfas, solo: solo y fuerte contra la tentación.

En el campamento, las mujeres charlaban, tomando café y disponiéndose para la partida; los hombres cantaban o tiraban al blanco. Elias oía sonar los disparos, recorrer el valle, multiplicarse en las verdes lejanías y volver rechazados por el eco: oía voces lejanas, difuminadas en la quietud meridiana; el gorjeo de algún pájaro, el murmullo del agua, y sus sentidos empezaban a adormecerse en la dulce inconsciencia del sueño, cuando surgió ante él una aparición. Era Maddalena, que había bajado a lavarse. No se turbó al verle, sino que, por el contrario, se le acercó, inclinándose sobre él. ¡Ah, demasiado, demasiado! Sus ojos le encantaban, ardientes, fatales. El recordaba su promesa: "Pietro, hermano mío, aunque ella viniera a arrojarse a mis brazos, yo la rechazaría...". Pero sentía una congoja, un delirio que le ahogaba y le cegaba. Hubiera querido huir y no podía moverse, y ella estaba allí cerca, y sus ojos entornados, ardientes, bajo los grandes párpados, y sus labios y su sonrisa le hacían perder la conciencia.

– Maddalena, amor mío... – murmuró; pero pronto se arrepintió y se puso a gemir de pasión y de dolor. – ¡Pietro, hermano mío! Pietro, hermano mío...

Se despertó temblando; estaba solo y el agua murmuraba, y los pájaros gorjeaban, pero ya no se oían ni disparos ni voces. Se levantó. ¿Cuánto tiempo había dormido? Miró al sol, y el sol declinaba. Todos se habían ido, pero al cuidado del caballo de Elias quedaban los pastores, a los cuales la caravana, a cambio de los lacticinios recibidos, había dejado los restos del banquete. Elias les dio las gracias y partió. Su caballo volaba, y el impulso y el pensamiento de alcanzar pronto a sus compañeros alejaron la impresión ardiente y afanosa que el sueño le había dejado. Al cabo casi de una hora de carrera vio a tío Portolu y a tía Annedda, a Pietro y a Maddalena, inmóviles sobre sus caballos, en lo alto de una cresta. ¿Acaso le esperaban? Los demás estaban ya lejos.

– ¿Qué pasa? – gritó desde abajo.

– ¡Que el Diablo te lleve! – gritó tío Portolu. – ¿Dónde te has metido? Da el caballo a tu hermano, porque el suyo se ha atascado en la arena.

– No, no se lo doy.

– Elias, hijo mío, obedece a tu padre – dijo tía Annedda.

– No – contestó Elias, despechado. – Me habéis dejado allá abajo como a un asno; no se lo doy.

– Bueno, lleva tú a Maddalena durante un rato. Así no podemos seguir – dijo Pietro.

"¡Ah, Pietro, si supieras lo que dices!" gritó dentro de sí Elias, y se arrepintió de haber negado el caballo, pero ya nada podía hacer, ni tampoco pudo reprimir, en el fondo, una sensación de alegría.

Pero cuando notó, en la bajada, el mórbido busto de Maddalena, que se abandonaba excesivamente sobre su espalda, y su brazo demasiado apretado a su cintura, él, que creía en los sueños, recordó el suyo y se puso alerta.

Llevados por el fuerte caballo entre los recovecos, los salientes y los senderos trazados en la roca y cubiertos de matas floridas, a veces Elias y Maddalena se encontraban solos, silenciosos, apretados el uno al otro, envueltos en su triste amor. Hubo un momento en que Maddalena, de naturaleza apasionada y débil, no pudo dominarse.

– Elias, – dijo con la voz un poco temblorosa – ¡perdóname si te molesto!

– ¡Oh! – dijo él meneando la cabeza.

– El año que viene llevarás en la grupa de tu caballo a tu mujer.

– ¿A mi mujer?

– Sí, a Paska. Entonces estarás contento.

– Y tú, ¿no estarás contenta?

– ¡Oh!, yo estaré muerta...

– ¡Muerta!... ¡Maddalena!...

– Muerta... para la vida... para el amor, quiero decir...

No solo su voz temblaba, sino que temblaba también su mano, apoyada en la cintura de Elias, y toda su persona abandonada contra su espalda. También él vibró por entero como una cuerda rota, y una sombra le veló los ojos: era la misma angustia, la misma embriaguez del sueño.

– Maddalena... – murmuró estrechándole la mano, pero pronto se irguió y dijo en voz alta. – Me parecía que te ibas a caer. Ve derecha, mantén el equilibrio.

En el alma le resonaban fuertes, insistentes, las palabras del padre Porcheddu, y su promesa no se le apartaba del pensamiento.

"Está tranquilo, Pietro, hermano mío; aunque ella se arrojara a mis brazos, yo la rechazaría."

Nuoro estaba cerca, allá abajo, detrás del final del valle iluminado por el sol poniente. La caravana quieta, allí, en lo alto, sobre los caballos cansados y sudorosos, brillantes contra el fondo dorado del cielo, esperaba a que todos se reunieran para entrar juntos en el pueblo, y dar tres veces la vuelta a caballo alrededor de la iglesuca del Rosario, cuya campana tañía ya, lejana, argentina, saludando el retorno del pequeño Santo.

IV

Ya está Elias, por fin, en la ilimitada soledad de la *tanca,* animada
solamente por algún grito, por algún silbido de pastor, por el
tintineo de los rebaños y por el mugir de las manadas. Espesos
bosques de alcornoques se perfilan contra el horizonte, cerrando
el fondo sereno del cielo. La *tanca* de los Portolu había sido años
antes talada y ahora se extendía abierta, amplia, batida por el sol.
Solamente algún alcornoque surgía desperdigado entre el verde
de la hierba, de las breñas, de las zarzas. En las zonas húmedas,
la vegetación era mórbida y delicada, perfumada de menta y
de tomillo. Los pastizales lujuriantes, al declinar la primavera,
adquirían un verde dorado y luminoso. Los cardos abrían sus
flores doradas y violetas, en las zarzas estallaban las rosas silvestres. Solo bajo los árboles y en las llanuras húmedas, la hierba
seguía siendo verde y fresca. La *tanca* aunque llana y sin bosque,
tenía rincones secretos, rocas y breñas; el agua corría en ciertos
puntos entre bosquecillos de saúcos, donde apenas penetraba el
sol, formando pequeñas lagunas verdes y misteriosas, rodeadas y
entreveradas de rocas, contra las cuales se rompía murmurando.
A lo largo de las orillas, por un largo trecho, la vegetación se
conservaba fresca y suave. Por la noche, el olor de los juncos y de
la menta era casi irritante. El rebaño, discretamente numeroso,
de los Portolu pacía en la *tanca;* las ovejas tenían abundantes
vellones enmarañados, y los corderos eran grandes y gordos.
Dentro de dos o tres días tenían que esquilarlas. Elias se sentía
físicamente bien en aquel lugar solitario y salvajemente hermoso, donde había crecido, donde había transcurrido su primera
juventud. Día a día, volvía a ver y reconocía cada ángulo, cada
rincón de la *tanca.*

Los perros, uno grande y negro, con ojos salvajes, olímpica-
mente tumbado bajo el árbol al que estaba encadenado, y el otro,
pequeño, con el pelo rojizo e hirsuto, parecido a un cochinillo,
habían reconocido a Elias, y él había casi llorado al acariciarlos.

Además de los perros, en la majada había un cochinillo manso y malicioso, con los ojillos avispados y acariciadores que parecían ojos humanos; un gato negro y un bonito cabrito blanco que servía de guía a las ovejas y abría alegremente camino cuando se tenía que pasar por un lugar difícil o vadear el río. Cuando no pacía, el cabrito estaba siempre cerca de Mattia, siguiéndole paso a paso, correteando a su alrededor, saltándole encima, haciéndole mil cabriolas. Era un animalillo adorable; iba a la cabaña, molestaba al gato, jugaba con el cochinillo y con el perro pequeño, y dormía a los pies de Mattia.

La vida discurría simple y primitiva en la majada de los Portolu, a la que solo iban los pastores vecinos y algún caminante. La gente equívoca, los malhechores o vagabundos no aparecían por allí. Tío Portolu era un hombre honrado y enérgico. Mattia era un poco simple. Elias no tenía ningunas ganas de reanudar las antiguas relaciones o de trabar otras nuevas.

Ahora amaba la soledad, y con frecuencia, durante los primeros días pasados en la majada, rehuía incluso la compañía de los suyos, cuando no había necesidad de su trabajo. Vagaba a la ventura, buscando los lugares que le recordaban su infancia, y conmoviéndose con frecuencia. Se emocionaba fácilmente por cualquier cosa, pero después del primer impulso instintivo, se irritaba por esta que él creía debilidad. Tanto más cuanto que su hermano y, especialmente tío Portolu, se daban cuenta de ello y le hacían burla.

– Vaya, vaya, ¿qué eres tú? – le preguntaba tío Portolu. – Te has vuelto un hombre de queso tierno, Elias, hijo mío. Te pones pálido como una mujerzuela por cualquier cosa. Los hombres tienen que ser hombres, leones; no conmoverse, no cambiar de expresión, no llorar. ¿Qué es un hombre que llora? Es un cuerno. ¿Ves a tu hermano Mattia? No es un águila y se asombra de muchas cosas, pero no cambia de color, y a veces el asombro es también un truco. ¡Eh, no le mires así; Mattia es más listo que tú!

Después de estos pequeños sermones, que se repetían con frecuencia, Elias se proponía ser también él más listo y fuerte, pero ¿qué queréis?, ciertos pensamientos, ciertos recuerdos, ciertas sensaciones le asaltaban así, tan de improviso, que perdía el dominio de sí y volvía a enternecerse, a enfadarse, a avergonzarse.

Se había llevado todos los libros que poseía, pero no creáis que estos volúmenes formaran una biblioteca. Eran: el libro de la Semana Santa, algunos libritos religiosos que habían distribuido en *aquel sitio,* la *Battalla de Benevento,* opúsculos de poesías sardas y un viejo herbario ilustrado. Los escondió en un lugar bien seguro y resguardado, bajo una roca, en un bosquecillo de saúcos que era su lugar favorito de descanso.

Pero tío Portolu y Mattia (este sabía leer) tenían también sus libros: *Los Reyes de Francia, Guarino Mezquino* y también las *Florecillas* de San Francisco. ¡Cuántas veces los había leído Mattia para sí, para su padre y para sus amigos pastores! ¡Y qué infantil turbación experimentaban aquellos hombres fuertes, que no querían conmoverse por otras cosas, cada vez que leían o escuchaban las aventuras de Guarino o las frases de las *Florecillas*!

Elias, de todos los libros, prefería el de la Semana Santa: se sabía ya de memoria los Evangelios y los leía casi de corrido, también en latín. Se iba al bosquecillo de saúcos, al fresco, bajo la sombra olorosa de los juncos, cerca del agua murmurante, y leía la divina palabra. En aquella hora, los trabajos de la majada estaban hechos: Mattia trotaba hacia Nuoro sobre la yegua, seguida por el potro, con las alforjas llenas de queso fresco y requesón; tío Portolu, sentado ante la cabaña, tallaba pacientemente una calabaza, dibujando precisamente un episodio del *Guarino,* farfullando, hablando a la calabaza, al cortaplumas, a los dedos y a la tinta que utilizaba; los rebaños sesteaban a la sombra de las matas, y el cochinillo, el cabrito, el gato y los perros dormían. Toda la *tanca* estaba inmóvil bajo el ardor del sol, bajo el cielo de metal claro, ceniciento por el horizonte; no se doblaba ni un tallo.

Elias releía su libro, acunado por el murmullo del agua; pero, en aquella paz infinita, su corazón no estaba tranquilo. Con frecuencia, en la mitad de un versículo, un recuerdo le relampagueaba en el pensamiento, reclamando toda su atención: y aquel recuerdo no era bueno, ¡ah!, ¡no!, ¡no era bueno!

Algunas veces se adormecía así, en la quietud profunda del mediodía, y siempre Maddalena se le aparecía en sueños, y eran sueños que le turbaban y excitaban dolorosamente, dejándole una mala impresión para todo el resto de la jornada. Había creído que se calmaría y olvidaría en la soledad de la *tanca*, lejos de ella, pero los recuerdos de los días pasados en San Francisco, aquel sueño a orillas del Isalle, aquel retorno fatal, eran demasiado recientes. Su sangre estaba todavía encendida por ellos, y la voluntad no bastaba para vencer el incendio: la soledad, y el vigor que resurgía en él, aumentaban su pasión.

Pero, sobre todo, la aumentaba el recuerdo fijo, insistente, indestructible del regreso de la fiesta. Los sueños de Elias renovaban casi siempre aquella escena, ya que su espalda, su cintura, su mano, conservaban intacta la presión del cuerpo y de la mano de Maddalena, y el pensamiento, recordando las palabras de ella, se perdía otra vez en un vértigo de placer y de angustia.

Elias se irritaba, pero no podía vencerse. A veces sus labios pronunciaban la promesa y al mismo tiempo el pensamiento se perdía allí, en el recuerdo: entonces se cubría de improperios, y hubiera querido apalearse, castigarse, pero le resultaba imposible vencerse.

"Mi padre tiene razón, – pensaba – yo soy un hombrecito de queso tierno, una bestia, un estúpido. ¿Qué necesidad hay de pensar en las mujeres, y especialmente en la mujer a la que no se debe mirar? ¿No se puede vivir de otra manera? Hay que ser hombres, leones; y yo soy un cordero, una oveja loca. Pero ¿qué puedo hacer? No me he hecho yo así; si me hubiese hecho yo, me habría hecho con el corazón de piedra. Pero, quién sabe, con el tiempo me pasará esta locura."

Pensaba así, pero no se consolaba, porque sentía que aquella locura le duraría mucho tiempo.

Mientras tanto, un deseo agudo, el de volver a ver a Maddalena, le crecía de día en día en el corazón, pero al menos sobre esto su propósito era firme. Además, tenía miedo del día en que Maddalena, Pietro y tía Annedda vendrían para esquilar el rebaño, y, sin embargo, contaba las horas que le acercaban a aquel día, y experimentaba, mezclado con el miedo, un placer anhelante al sentir que se aproximaba.

La víspera de aquel día estaba, al caer la tarde, cerrando un paso del muro de la *tanca*. Desde allí se extendía el bosque vigilado por tío Martinu Monne, el *Padre de la Selva*. ¿En dónde estaba tío Martinu? Elias no lo había vuelto a ver todavía, aunque lo había buscado dos o tres veces.

De improviso, tío Martinu salió del bosque y se acercó al muro. Era un viejo gigantesco, todavía fuerte y erguido, de largos cabellos amarillentos y con una espesa barba gris. Su rostro, surcado por duras arrugas, parecía fundido en bronce. Con su traje oscuro, sobre el que llevaba una zamarra sin mangas de cuero untuoso, tenía un aspecto solemne; parecía un hombre prehistórico. Elias profirió una exclamación de alegría, saltó el muro y tendió la mano al viejo.

– Dichosos los ojos, tío Martinu. Le he buscado dos veces. ¿Cómo está?

– ¡Bien hallado! Y para dentro de cien años, otra desgracia como la pasada. ¿Cómo estás? Yo estoy bien. He tenido que ausentarme por unos días – repuso tío Martinu, tranquilo, con la voz fuerte y la pronunciación lenta.

Se sentaron en el muro y hablaron largo rato, contándose muchas cosas. – El primer día de mi regreso – dijo luego Elias – soñé con usted. Estaba en el patio, en casa, cansado, había bebido un poco y me dormí. Y soñé con usted: estábamos así, tal como estamos ahora, delante de este muro. ¡Hay que ver cómo se realizan los sueños!

– ¡Oh!, ¡oh! – dijo el otro, sin asombrarse.

Elias no le contó el sueño con detalle, pero le preguntó: – ¿Cree usted en los sueños?

– ¿Qué quieres que te diga? Los sueños verdaderamente no se realizan, pero suele ocurrir que nosotros prevemos una cosa, pensamos bastante en ella y así la soñamos: después se realiza; a nosotros nos parece que es el sueño que se realiza, mientras que, en realidad, es una cosa que simplemente tenía que realizarse.

Elias admiró una vez más la sabiduría de tío Martinu, pero meneó la cabeza. Pensaba en su sueño del Isalle: ¿acaso había él previsto y deseado el coloquio mantenido después con Maddalena? No, le parecía que no.

– Mañana, – dijo al cabo de un momento – mañana esquilamos las ovejas, tío Martinu. Vendrá, ¿no es verdad? Vendrá mi madre, mi hermano Pietro y su novia.

– ¡Ah, sí!, he oído decir que tu hermano se ha prometido. ¿Es buena la novia?

– Sí, parece buena. Es guapa.

– ¡Bah!, esto no basta. Los cuadros, que son bonitos, se cuelgan de la pared y sirven solo de adorno. Es preciso que la mujer sea buena, quiera al marido y no quiera a ningún otro hombre de la tierra.

Elias se quedó pensativo y no contestó. Por otra parte, se hacía tarde, el cielo palidecía, el bosque callaba en la quietud solemne del atardecer: había que volver a la cabaña.

– ¿Vendrá, tío Martinu? Le esperamos, no falte.

– Iré.

– Bueno, ¡no falte! – le advirtió Elias saltando el muro.

– Nunca he faltado a mi palabra, Elias Portolu. Saluda a tu padre en mi nombre.

– Muy bien, buenas tardes.

– Buenas tardes.

Tío Martinu no faltó, es más, fue muy pronto y ayudó a los pastores en los preparativos para aquella especie de fiesta campestre. La aurora anaranjada incendiaba el cielo de Oriente, derramando esplendores de oro rosado sobre la hierba y sobre las piedras de la *tanca;* por el Oeste, el bosque callaba sobre el fondo del cielo de pizarra clara.

Tío Portolu calentaba una piedra para hacer la cuajada. Elias y tío Martinu mataron un cordero tan grande como una oveja, lo desollaron, lo descuartizaron y le extrajeron los intestinos humeantes.

Poco después de la salida del sol llegaron Pietro y las mujeres. Venían lentamente, en un carro guiado por Pietro. Nadie salió a su encuentro, pero Elias sintió que le latía violentamente el corazón. Maddalena bajó la primera, ágil y esbelta, se sacudió los vestidos y ayudó a su madre y a tía Annedda a bajar.

Mientras Pietro descargaba el carro — tía Annedda había traído pan fresco y vino en abundancia — las mujeres se encaminaron hacia la cabaña. Maddalena estaba más fresca y guapa que nunca: la blusa blanquísima, bordada y almidonada, y la falda de tela indiana oscura con el borde azul celeste, resaltaban sus formas. Apenas la vio cerca y se encontró bajo el imperio de aquellos ojos ardientes, Elias se sintió perdido. Pero en aquel desmayo de placer angustioso, tuvo la fuerza de pensar: "Es preciso que no me encuentre a solas con ella; si no, soy hombre perdido. Tengo que confiarme con alguien, para que me siga siempre y no me deje nunca solo con ella, si la oportunidad se presenta. Tengo miedo de mí. Pero ¿a quién decírselo? ¿A mi madre, a mi padre? No, no es posible. ¿A Mattia? No lo entendería. ¡Ah, a tío Martinu!".

Respiró. Tío Martinu, mientras tanto, miraba solemnemente, desde arriba, a la novia, mientras tío Portolu hacía las presentaciones, riendo con su risa forzada y cáustica.

— ¡Eh, eh, jabalí canoso!, ¿ves a la novia de Pietro? Se llama Maddalena, y sabe hilar y coser, y nunca nadie ha tenido nada que decir de ella. Mírala, la blanca paloma. ¿No hueles que emana perfume de rosas? Y esta es Arrita Scada, la vieja paloma, ¿la ves, Martinu Monne?

— La veo.

— Buenos días — dijo tía Arrita, mirando con curiosidad al viejo. — Usted es de Orune, ¿no es verdad? ¿Está en la *tanca* de Fulano?

— Soy de Orune, estoy en la *tanca* de Fulano.

— ¡Ya hablaréis después! – gritó tío Portolu. – Ahora vayamos a beber la cuajada y a comer requesón. ¡Vamos, vamos, aprisa!

— El sol acaba de salir, no es hora de beber cuajada – dijo Maddalena riendo.

— Hija mía, – sentenció tía Arrita – hay que comer y beber cuando se nos invita, esté el sol alto o esté bajo.

— ¡Eh, eh, Martinu Monne!, ¿oyes a la vieja paloma? ¿No te he dicho que era sabia como el agua?

Entraron en la cabaña, donde estaba Mattia con el cabrito a un lado y el gato al otro, luego llegó Pietro y el cuadro quedó completo. Las mujeres se sentaron en escabeles de corcho. Elias, silencioso, pero no triste, distribuyó los *corcarjos*[14] de uña de oveja, y tío Portolu destapó los *malunes*[15] llenos de cuajada y de leche. Tío Martinu dominaba la escena y contemplaba obstinadamente a Maddalena. Comieron y bebieron en abundancia; la cuajada era exquisita y tío Portolu se hubiese ofendido si los invitados no hubieran apurado sus *malunes.*

En seguida, después del desayuno, empezaron el trabajo. Cogían las ovejas, las ataban, las tendían en la hierba, sin que opusieran la más leve resistencia, y Mattia y Elias las esquilaban diestramente, con grandes tijeras de muelle. La lana enmarañada y sucia se amontonaba en el suelo, y las ovejas, una vez liberadas del lazo, volvían a pastar, empequeñecidas, tranquilas.

Las mujeres, como de costumbre, preparaban la comida, reservando a tío Portolu el asado del cordero; Maddalena, sin embargo, seguía obstinadamente a Elias, como atraída por un hilo mágico, y cada vez que él levantaba los ojos, encontraba los de ella, que parecían quererlo fascinar. De repente se encontraron solos: Pietro se había ido a la cabaña, Mattia perseguía a una oveja más reacia que las demás y tío Martinu se alejó para ayudarle.

Elias tuvo un instante de desfallecimiento, de miedo, de placer indecible, al encontrarse solo con Maddalena; solos entre la hierba y los altos cardos floridos. El corazón le latió con fuerza y un vértigo de deseo pasó como un torbellino por todo su ser cuando sus ojos encontraron los ojos apasionados y suplicantes de Maddalena.

"¡Sálvame! ¡Sálvanos! – le decía aquella mirada. – Tú me amas, yo te amo, he venido para pedirte que me salves y nos salves. ¡Elias, Elias!"

Pero él creía que se perdía y que la perdía si seguía allí solo mirándola: hizo un esfuerzo y miró a lo lejos. La oveja corría por la hierba, perseguida por tío Martinu y por Mattia, que intentaban empujarla hacia una breña.

---

14) Cucharas.

15) Recipientes de corcho.

– ¡Qué estúpidos! – dijo Elias. – Si hubiese ido yo, a estas horas estaría ya esquilada.

Y salió corriendo, dejando a Maddalena sola, al sol, entre la hierba y los altos cardos floridos; sola, con los párpados de madona bajos, con resignado dolor.

– Tío Martinu – dijo Elias al viejo, mientras Mattia iba delante de ellos, llevando consigo la oveja reluctante, – hágame un favor, tío Martinu mío, no me deje solo ni un momento con aquella muchacha.

Hablaba quedo, un poco ansioso, un poco avergonzado, con los ojos bajos. Tío Martinu lo miró desde arriba, largamente, intensamente. Comprendió y no dijo nada.

– Se lo diré... esta noche... No piense mal, tío Martinu mío – dijo Elias levantando los ojos. – Me fío de usted más que de mi padre.

Tío Martinu no contestó, no se conmovió, no sonrió; solo le golpeó la espalda con la mano, y durante todo el día le siguió paso a paso, como una sombra.

La comida fue alegre y ruidosa. Tío Portolu anunció a tío Martinu que Maddalena y Prededdu se casarían dentro de poco, después de la cosecha del trigo. Pero al viejo no pareció alegrarle demasiado esta noticia. Las mujeres y Pietro se marcharon hacia el crepúsculo. Maddalena parecía alegre, reía, bromeaba, se dirigía a Pietro con continuas sonrisas y ya no hacía ningún caso de Elias. Pero Elias, empujado también un poco por su amor propio, no se dejaba engañar por aquella falsa alegría.

“Me creerá un estúpido – pensaba. – Y bien, tanto mejor, pero si supiera... si supiera.”

A veces le parecía que el corazón se le partía y tenía locos deseos de sollozar fuertemente, de gritar, de golpearse con los puños la frente. Mientras tanto, el carro se alejaba, y las manchas sangrientas de los corpiños de las mujeres, y la figura blanca y negra de Pietro, desaparecían allá abajo, en el verde fondo de la *tanca,* en las rosadas lejanías del crepúsculo. Adiós, adiós. Ya no volverá a verla así, libre y enamorada, en la soledad de la *tanca,* palpitante de amor junto a él, como en aquella mañana de primavera. Todo estaba acabado.

El carro desapareció lejos y todo fue silencio, todo fue vacío alrededor de Elias. Pero al volverse para regresar a la cabaña, vió al tío Martinu que le esperaba.

– Yo me voy – dijo el viejo. – ¿Quieres acompañarme, Elias?

– Vamos.

Se fueron. El sol se había ocultado, y los bosques y las lejanías callaban bajo un cielo totalmente rosa, de un rosa denso, casi violado. Toda la *tanca,* las breñas brillantes, la hierba inmóvil, las rocas y el agua, reflejaban aquella cálida luminosidad de rosa peonía. Era una paz casi religiosa, como de iglesia iluminada por cirios, encendidos. Tío Martinu y Elias atravesaron en silencio toda la *tanca* y fueron a sentarse en el muro, serios y graves.

Elias se sentía triste, no sabía como empezar, y se miraba obstinadamente las manos. Tío Martinu comprendió en qué estado de ánimo se encontraba su joven amigo y procuró sacarle de apuros.

– Elias Portolu, – dijo gravemente – yo sé lo que quieres decirme. Maddalena está enamorada de ti.

– ¡Calle! – dijo Elias asustado, cogiéndole el brazo. – ¡Cada pequeña mata tiene sus orejitas![16] – añadió en seguida, para excusar su turbación.

– Sí – contestó con voz grave el *Padre de la Selva*, – cada pequeña breña, cada árbol, cada piedra tiene oídos. ¿Y qué? Lo que he dicho y diré lo puede escuchar cualquiera, empezando por Dios, que está ahí arriba, y terminando por el más miserable criado. Maria Maddalena te quiere, tú la quieres: uníos en Dios, porque Él os ha creado el uno para el otro.

Elias lo contemplaba como en sueños, recordaba el coloquio con el padre Porcheddu, los consejos, las advertencias que había recibido en aquella inolvidable noche de San Francisco. ¿A quién hacer caso?

– ¡Pero es la novia de mi hermano, tío Martinu!

– Y ¿qué si es la novia de tu hermano? ¿Le quiere acaso? No. Por tanto, no es suya y nunca será suya según la ley del Señor. El matrimonio por amor es el matrimonio de Dios, el matrimonio por

---

16) Proverbio sardo: *Cada matichedda iuchet oricredda.*

66

conveniencia es el matrimonio del Diablo. Sálvate, Elias Portolu, y salva a la paloma, como le llama tu padre. Maria Maddalena aceptó a Pietro porque se lo impusieron, porque tenía grano, porque tenia cebada, habas, casa, bueyes, tierras. El Diablo trabajaba. Pero Dios había destinado las cosas de otra manera. Te hizo volver, te hizo encontrar con la muchacha. Os habéis visto, os habéis amado, aun sabiendo que, según los prejuicios de los hombres, no podíais ni siquiera miraros. ¿No ves en esto una fuerza superior al hombre, que le señala su camino? ¿No ves la mano de Dios? Piénsalo bien, Elias Portolu, piénsalo. ¿Lo has pensado?

– Es verdad. Pero Pietro es mi hermano.

– Somos todos hermanos, Elias Portolu. Pietro no es un estúpido, él se aviene a razones. Ve, dile: "Hermano mío, yo quiero a tu novia y ella me quiere. ¿Qué piensas hacer? ¿Quieres que sean infelices tu hermano y esa otra criatura inocente?".

Elias sintió frío al solo pensamiento de hablar así a su hermano, y meneó la cabeza con dolor y con terror.

– ¡Nunca! ¡Nunca! ¡Pietro me mataría, tío Martinu!

– Según yo creo, lo que tienes es miedo.

– Sí, ¿por qué ocultarlo? Tengo miedo, pero no de la muerte. Es que también Maddalena se perdería, y Pietro, y toda mi familia. Pero no es solamente esta espina la que llevo en el corazón, tío Martinu. Es que yo amo a mi hermano y no quiero, aun admitiendo que se resignara, que sea infeliz.

– Pietro podría resignarse más fácilmente que tú; tiene un carácter distinto del tuyo. Yo comprendo tus buenos sentimientos, Elias Portolu, pero no los apruebo. Piensa en las consecuencias, ¿lo has pensado? Maddalena te ama perdidamente, yo se lo he leído en los ojos. Si tú callas, se casará con Pietro, irá a tu casa y acabaréis perdiéndoos, porque la naturaleza humana es frágil. ¿Lo oyes, Elias Portolu? ¿Lo has pensado? La tentación se vence hoy, se vence mañana, pero pasado mañana acaba por vencer ella, porque nosotros no somos de piedra. ¿Lo has pensado, Elias Portolu?

– ¡Es verdad, es verdad! – dijo Elias con los ojos llenos de terror.

Callaron un momento. A su alrededor el silencio era intenso, infinito. La sombra caía sobre los bosques; el cielo, color de peonía, palidecía en tiernos matices de violeta. Y de repente Elias sintió que aquella paz antigua le penetraba hasta el corazón.

– Pero yo – dijo con otro tono de voz – me iré de casa.

– ¿Te casarás? Mira que eso sería peor.

– No, nunca me casaré.

– ¿Qué harás, pues?

– Me haré cura. ¿No se asombra usted, tío Martinu?

– Yo no me asombro de nada.

– ¿Qué me aconseja, pues? En el sueño que le conté y que tuve la primera noche de mi regreso, usted me aconsejaba que me hiciera cura.

– Una cosa es el sueño y otra es la realidad, Elias Portolu. Yo no te desaconsejo de hacerlo si tienes vocación, pero te digo que tampoco eso te salvará. Somos hombres, Elias, hombres frágiles como cañas; piénsalo bien.

– ¿Qué me aconseja, pues?

– El consejo ya te lo he dado. Ve, vuelve al pueblo, habla con tu hermano.

– ¡Nunca..., nunca... con él!

– Pues bien, habla con tu madre. Es una santa mujer: pondrá el bálsamo sobre cada herida.

– Pues bien, sí, iré – dijo Elias con súbito arrebato.

Se había decidido, y un relámpago de alegría le brilló en los ojos. Se levantó, dio algunos pasos. Hubiera querido marcharse en seguida, librarse inmediatamente de aquella pesadilla que le aplastaba. Le parecía todo fácil, todo arreglado, y durante unos momentos experimentó una felicidad tan intensa como nunca la había sentido en su vida.

– Bien, no pierdas tiempo – le dijo tío Martinu. – Ve mañana mismo, habla, no tengas escrúpulos ni prejuicios. Te espero aquí mañana a esta hora. Me dirás qué has hecho.

– Iré y vendré, tío Martinu. Buenas noches y gracias, tío Martinu.

– Buenas noches, Elias Portolu.

Y cada uno se fue por su camino.

Al día siguiente, a la misma hora, los dos hombres se encontraron en el mismo sitio, cerca del muro de la *tanca*. Alrededor había el mismo silencio, puro, infinito. El crepúsculo incendiaba las últimas cimas del bosque, una garza cantaba en la lejanía. Pero Elias estaba triste, deshecho, con el rostro lleno de tristeza y de sufrimiento, como en los primeros días de su regreso.

– Tío Martinu mío – dijo, ¡si supiera usted cómo han ido las cosas! Es inútil, no puedo, no puedo hablar, ni con mi madre ni con nadie. Ayer por la noche estaba decidido, me parecía tener un corazón de león, o, por mejor decir, una cara dura de cuero. Pues bien, me acuesto, me duermo, y en el sueño me parece que estoy en casa, que hablo con mi madre... Todo me parecía fácil. Me despierto, salgo, llego a casa, y seguía sintiéndome alegre, lleno de esperanza y de valor. Llamo a mi madre aparte y siento que me suben a los labios las palabras que ya había preparado. Ella me mira, y he aquí que de improviso siento que me late con fuerza el corazón y que un nudo me cierra la garganta. ¡Ah, no, tío Martinu mío!, es imposible, yo no puedo hablar aunque quisiera. Podría cometer un delito, pero revelar *esa cosa* a mis parientes, no. No es posible.

– Inténtalo de nuevo – dijo el viejo.

Pero Elias hizo un gesto de repulsión, casi de rebeldía.

– ¡Ah, no! – dijo en voz alta. – No me tiente, tío Martinu mío. Es una cosa superior a mis fuerzas: podría ir mil veces sin que nunca lo lograra.

– Es verdad – dijo el viejo, y pareció asaltado por un recuerdo. – Me acuerdo de un hecho – añadió poco después. – Verdaderamente, era una cosa mucho más grave, pero el hombre era bastante más fuerte que tú, valeroso, sin prejuicios y violento. Tenía que cometer un delito (y había ya cometido otros): tenía que matar a un hombre honrado. Le parecía una cosa natural, facilísima, y en el fondo de su corazón estaba más que decidido. Llega el día, la hora designada: él va a casa del hombre honrado, le encuentra cenando, puede matarlo sin ningún peligro, pero el hombre honrado le mira y basta esto para que el otro no pueda levantar el brazo. Y esto sucedió dos, tres, diez veces.

Mientras el viejo hablaba, Elias lo devoraba con los ojos, olvidando su afán al escuchar aquella historia. ¡Ah!, él conocía ya aquella historia, y no solamente eso, sino que, además, sabía que el hombre violento era el mismo tío Martinu. Por otra parte, todos conocían desde hacía años aquel hecho, y añadían que el hombre honrado, que había acabado por saberlo también, llamó a tío Martinu, le dio trabajo, le hizo pastor suyo y más tarde guardián de sus *tancas*. Desde entonces el tío Martinu se había convertido en el brazo derecho, en el criado más fiel del hombre al que quería matar.

Y Elias experimentó una sensación de alivio. En el fondo se avergonzaba de su debilidad y de sus continuas indecisiones, pero si un hombre de hierro como tío Martinu Monne en su orgullosa juventud no había conseguido vencer la fuerza de una mirada honrada, ¿cómo podía él, pobre y débil niño, vencer el horror de la confesión a los suyos de aquello que le parecía un delito?

– El hecho que te he contado – añadió el viejo – no tiene, sin duda, comparación con tu historia, pero demuestra igualmente cómo por encima de nosotros hay una fuerza que no podemos vencer. Sin embargo, si puedes, Elias Portolu, ¡procura hacer algo!

– ¡Yo no puedo hacer nada, tío Martinu! – dijo Elias, descorazonado.

– Acaso deseas que me entremeta yo... – comenzó a decir el viejo, pensativo, después de un breve silencio; pero Elias le oprimió el brazo y protestó airadamente.

– ¡Nunca, tío Martinu! ¡Nunca, nunca! ¡Ah!, no me haga la ofensa de creer que ni siquiera había pensado en ello! No solamente eso, tío Martinu, sino que si usted revela mi secreto, yo no le miraré nunca más a la cara.

– Tienes razón, no es conveniente. ¡Cierto!

– ¿Qué me aconseja, pues?

– Ya te he aconsejado, Elias Portolu. Haz algo, muévete, sé previsor.

– Yo preveo, tío Martinu. Dejaré seguir su curso a los acontecimientos. Luego, si no puedo resistir, haré todo cuanto le dije ayer.

– Y harás mal – dijo el viejo, levantándose. – Prueba por

todos lados, Elias, hijo mío. El hecho que te conté terminó bien por la indecisión de un hombre, pero el tuyo podía acabar mal. Tú sabes escribir; pues bien, escribe, porque tu hermano sabe leer. Entendeos, preved el futuro. Yo no te digo más.

Una luz de esperanza relampagueó de nuevo en los ojos de Elias.

– Sí. Escribiré.

Se separaron sin quedar citados de nuevo, y Elias se encaminó hacia la cabaña, con el corazón un poco tranquilizado.

"Sí, sí, – repetía entre sí – escribiré a Pietro como hacen los señores. Se lo diré todo, y él es razonable y me escuchará. Tengo pluma y papel. Daré la carta a Mattia... No, la llevaré yo mismo, se la daré a mi madre para que se la entregue en su mano. Sí, está bien así."

Durante muchas horas, aquella noche, pensó y repensó en cómo escribiría la carta; sabía ya cómo empezarla y cómo terminarla; lo demás era fácil. También a la mañana siguiente se despertó obstinadamente firme en su propósito, y apenas pudo fue a su lugar favorito, donde había escondido sus libros, la pluma y una caña llena de tinta, y lo preparó todo. Se sentó junto a una piedra alta, buscó la mejor postura — la postura era excelente para poder escribir con comodidad — y luego se quedó un poco pensativo.

El arroyuelo murmuraba junto a él, entre los juncos; una brisa agradable serpenteaba entre los saúcos y las altas hierbas, despertando en ellos largos susurros. Vagos rumores, difuminados, próximos, lejanos, animaban la *tanca* bajo la cerúlea luminosidad de la mañana.

Elias pensaba, con sus manos ya un poco morenas inmóviles sobre la hoja de papel extendida sobre la piedra. De repente levantó la cabeza y se quedó como escuchando una voz lejana; luego cogió el papel, la pluma, el tubo de caña, lo puso de nuevo todo en el escondrijo y regresó hacia la cabaña. No podía vencer la fuerza superior de que le había hablado tío Martinu.

V

Llegó el verano. Toda la *tanca* se volvió de un hermoso amarillo pálido, excepto en los brezales y a lo largo del río, donde la vegetación adquirió un aspecto tropical. ¡Qué profundas dulzuras de fondos había ahora allá abajo, en las mañanas refulgentes, en los crepúsculos de oro rosados, en las brillantes noches estrelladas, purísimas, cuando la luna llena caía misteriosamente sobre los bosques silenciosos!

Elias se moría de amor y de tristeza, pero no hacía un propósito, no daba un paso para detener los acontecimientos. Mientras tanto, el tiempo pasaba. Pietro había tenido una magnífica cosecha y las bodas debían celebrarse dentro de pocos días. Elias no había vuelto a ver a tío Martinu, y no procuraba volverlo a ver; tenía casi miedo de él, porque en lugar de consuelo, el viejo, que, sin embargo, pasaba por un sabio, le había encendido un infierno en su alma.

"¿Y si tuviera razón?" se preguntaba a veces; pero pronto se rebelaba a este pensamiento, porque, además, sentía que no tenía fuerzas para actuar, para moverse, para revelar su secreto, y, sobre todo, para destrozar la felicidad de Pietro.

Pero el recuerdo y el deseo de Maddalena, y el pensamiento de que dentro de poco la perdería inexorablemente, le consumía. Procuraba luchar contra su corazón y contra sus sentidos, reírse de su pasión, ser fuerte como tío Portolu quería. ¡Qué diablo! ¡Hay tantas mujeres en el mundo! ¡Además, se puede vivir sin ellas y sin amor! Es más, un hombre, verdaderamente hombre, debe reírse de esas cosas.

Pero la batalla era inútil, y sin la imagen de Maddalena todo el horizonte de días se vaciaba y oscurecía. Mientras tanto, así como en San Francisco había deseado ardientemente la lejanía, la soledad, el silencio de la *tanca*, ahora anhelaba el día de las bodas de Pietro.

Así, por lo menos, todo se acabaría para siempre. Le parecía que *después* sanaría y encontraría paz y salud. Porque se sentía desmejorar incluso físicamente. El ardor de aquellos largos días luminosos y el frescor insidioso de las claras noches olorosas le debilitaron y le producían fiebre.

En su tristeza había empezado a odiar a los hombres. Hasta su padre y Mattia le molestaban, y, por tanto, los rehuía, vagaba todo el día por la amarilla y ardiente soledad de la *tanca* y pasaba las noches al aire libre.

Si dormía al mediodía, después de haber leído y releído sus libros santos, se despertaba con un gran dolor de cabeza, y luego, por la noche, no podía dormir. Entonces se quedaba largo rato en sus escondrijos, sentado en las piedras, contemplando el crepúsculo de la luna sobre los bosques, o sumergido en una atonía dolorosa. Tío Portolu, el viejo zorro, veía perfectamente el estado de ánimo y de cuerpo de su hijo, sin conseguir adivinar la, causa, y se entristecía por ello, y regañaba amargamente a Elias en los pocos momentos en que se quedaban solos.

– ¿Por qué te escondes? – le gritaba. – ¿Qué vida es esta? Si planeas un delito, comételo y termina de una vez. Si estás enamorado, ahórcate. ¿Tú eres un hombre? Un huso eres, una estatuita de queso de vaca. ¿No ves que no te tienes en pie y que tienes la cara verde como una rana?

– Estoy mal – decía Elias, no por excusarse, sino porque tenía un miedo loco a que tío Portolu llegase a adivinar su secreto.

– Si estás mal, cúrate o muérete. Yo no quiero ver gente débil a mi alrededor; quiero ver leones; quiero ver águilas, y tú eres una lagartija.

– Déjeme en paz, padre mío – suplicaba Elias, alejándose fastidiado.

– ¡Vete al Diablo! ¡Vete al Diablo! – le gritaba tío Portolu.

Pero cuando se encontraba solo, el viejo se entristecía, sentía que también él tenía el corazón pequeño como un pajarito.

"Ya verás cómo Elias cae enfermo. ¡Ah, no! ¡San Francisco mío, llévame contigo, pero deja vivos y fuertes a mis hijos! ¡Mis hijitos! ¡Mis palomos! ¡Mis pajaritos! ¡Ah, que sean felices y que tío Portolu se muera de desesperación! Elias, Elias, ¿por qué no te curas? ¿Qué haré yo sin ti? Haré venir a tu madre, te haré volver con ella al pueblo, y ella te meterá en cama y te hará medicinas con hierbas, con sal, con medallas santas, como ella las sabe hacer."

Mientras tanto, Elias vagaba triste, desesperado, irritado contra sí mismo y contra los demás. Una noche, tío Portolu, al atravesar la *tanca,* le vio encaramado en una roca contemplando la luna.

"¿No hará brujerías? ¿Planeará un delito? ¿Querrá hacerse fraile? – se preguntó el viejo mirando a su hijo, con los ojos más rojos que nunca por el calor de aquellas deslumbrantes jornadas. – San Francisco mío, *Santu Frantzischeddu meu,* cúrame a este hijo." Regresó a la cabaña muy angustiado. En verdad que el extraño comportamiento de Elias le envenenaba la alegría de las bodas de Pietro, que tenían que celebrarse el domingo siguiente. Mientras tanto, Elias, desde lo alto de la roca, con los ojos vítreo y fijos, como encantados por el puro resplandor de la luna, permanecía inmóvil, sumergido en confusas visiones. Era el aturdimiento, el zumbido, el vago vértigo experimentado la primera noche de su regreso en el patinillo de su casa. El viento ligero que agitaba los bosques, lejano, le parecía una voz confusa, a veces dulce, a veces temible. ¿Qué decía? ¿Qué decía el viento? ¿Qué murmuraba la selva? Hubiese querido oír bien distinta aquella voz, y se angustiaba, se enternecía, se irritaba al no conseguirlo. Le parecía la voz del padre Porcheddu, de Maddalena, de su madre, de tío Martinu. Recordaba el sueño que había tenido la primera noche de su regreso y el de a orillas del Isalle, y otros sueños, otras visiones lejanas. Y sentía en el fondo del alma una angustia confusa, por aquella voz que no podía oír, por aquellos sueños, por otras cosas que no conseguía recordar.

La luna le caía sobre la cara, sobre los ojos, dándole un encanto irreal. Alrededor, sobre la línea de los bosques, sobre los lejanos horizontes, el sol se desvanecía en un resplandor de perla. Los rebaños pacían todavía en la lejanía, difundiendo en la soledad nocturna el melancólico tintineo de sus campanillas. Elias nunca se había sentido tan triste como aquella noche. Le sucedía, además, una cosa insólita: recordaba los días, los meses, los años pasados en *aquel sitio;* los recordaba con dolor humillante, como nunca los había recordado, y confusamente pensaba: "¡Ah, si no hubiese pecado ni frecuentado las malas compañías, no habría estado en *aquel sitio,* habría conocido a Maddalena antes que Pietro y ahora no sería tan infeliz! Me han domado, es verdad, pero me han hecho débil como una mujerzuela. ¡Y pensar que yo cuento siempre los recuerdos de *aquel sitio* y me jacto de ellos! Desvergonzado, Elias Portolu, desvergonzado".

Y le parecía que enrojecía, y de nuevo sus pensamientos se confundían: volvían las visiones, las voces confusas, la imagen del padre Porcheddu, la de Maddalena, la de tío Martinu, y otras vistas en *aquel sitio.* Y la angustia confusa que le pesaba sobre el corazón se hacía todavía más pesada, aplastante como una roca. Finalmente le pareció haber captado el recuerdo y oír la voz. Un escalofrío le recorrió la espalda, su rostro se volvió pálido y le castañetearon los dientes.

"¡Dentro de tres días se casa, todo está terminado! – gritó para sí. – Es esto lo que me mata, y yo no hago nada, no me muevo, no me atrevo..."

Le asaltó un ímpetu de desesperación, una locura de propósitos salvajes.

"Yo me voy, yo me muevo. No quiero morir. Yo la amo y ella me ama; me lo dijo allá, a orillas dei Isalle...; no, mientras regresábamos...; en fin, me lo dijo, y yo la he besado, y ella es mía, es mía, es mía... Yo voy... ¡Ay hermano mío, mátame si quieres, pero ella es mía! Ahora bajo, corro, voy a Nuoro, arreglo las cosas. Todo se puede arreglar. Tío Martinu tiene razón, pero tengo que apresurarme."

Se movió, pronto le asaltaron unos fríos estremecimientos que le subían desde la punta de los pies serpenteándole por todo el cuerpo, se sentó de nuevo de cara a la luna, con el rostro ceniciento, castañeteando los dientes. También recordaba su promesa la noche que había llorado como un niño a los pies de San Francisco. Pero ahora aquellos propósitos estaban lejos, le parecía que la pasión le había vencido y que no podía ya resistir. Pensaba: "Entonces me parecía que el día de la boda no llegara nunca, ahora en cambio está cerca, es pasado mañana. Tengo que moverme. Pero ¿por qué no puedo moverme? – se preguntó en un momento de lucidez. – Procuro moverme y no puedo, me siento los miembros pesados como piedras. ¿Y estos escalofríos? Tengo fiebre, debo de estar enfermo. ¡Ah! – pensó luego con terror, – ¿y si me pongo enfermo? ¿Y si no puedo moverme? ¿Y si mientras tanto...? ¡Ah, no, no, voy, voy!".

Se levantó pesadamente, bajó de la roca y se encaminó con paso inseguro a través del heno y de los rastrojos brillantes y olorosos bajo la luna.

Seguía oyéndose el melancólico tintineo de los rebaños, la lejana voz del viento en el bosque. Elias caminaba; hubiera querido correr, pero no podía, y de cuando en cuando se detenía, con un zumbido hondo y agudos silbidos en los oídos.

De repente, se dejó caer bajo un árbol, entre cuyas ramas veía la luna, que le contemplaba con un ojo luminoso, casi deslumbrante. Aquel ojo lunar fue su última percepción; después, solo notó un agudo dolor en la ceja izquierda y le pareció que le habían dado un golpe de hacha, mientras el zumbido de los oídos aumentaba. Pero en su sueño maléfico seguía caminando, diciendo las cosas más extrañas. Le parecía atravesar un lugar lleno de rocas monstruosas, de matas espinosas, de cardos secos, iluminado por una luz azulada de luna.

En su delirio se acordaba perfectamente de adonde iba y de qué quería, pero aunque corría, encaramándose por las rocas, saltando los matojos, sudando, fatigado, angustiado, no conseguía alejarse de aquel lugar misterioso, y por ello experimentaba una ira y un dolor indecibles. Todas las articulaciones le dolían, se sentía la espalda rota, los pies, las manos, el pulso que le latía, y todo su cuerpo inundado de sudor. Y caminaba, caminaba siempre, por aquellas rocas que le daban una sensación de susto, de asco, bajo aquel resplandor lívido de una luna invisible que le rodeaba de una luz extraña, más triste y espantosa aún que las tinieblas. Nunca supo con precisión cuánto tiempo duró su terrible lucha contra las rocas, los matojos, los cardos; aquella su ira indistinta, aquel espasmo opresor, aquel miedo a monstruos invisibles, a aquella luz horrible. Le envolvieron y le torturaron otras visiones no menos monstruosas, pero confusas, acuciantes, que se entrelazaban, se disolvían, retornaban como nubes empujadas por el viento.

Llegó al fin un momento en que el alma, cansada y vencida, se hundió en un oscuro abismo de inconsciencia mientras su cuerpo seguía sufriendo. Luego bajó al abismo, como una triste luz de aurora, y creció, y creció, y el alma percibió el sufrimiento del cuerpo, pero ya sin sueños, y el delirante volvió a abrir los ojos a la realidad.

Se encontró en su casa, en su lecho de tosco cubrecama de lana, en su humilde habitación blanca. Una luz melancólica de crepúsculo entraba por el ventanuco entornado. De la calleja llegaban alegres gritos de los niños, y del patinillo, de la cocina, de las otras pequeñas habitaciones contiguas, salía un sordo sonido de voces. Debía de haber mucha gente. ¿Qué decían? ¿Qué hacían? ¿Estaba allí Maddalena? ¿Y Pietro? ¿Se habían casado?

Elias sintió que se helaba, pero ahora el delirio había pasado y aunque Maddalena, todavía no casada, se le hubiese presentado delante, él no le hubiera dicho nada. Es más, deseó que ya se hubiera realizado el casamiento; pero con este deseo le asaltó una violenta tristeza, e invocó a la muerte.

Pero en lugar de la muerte volvía a la vida, volvían las inquietudes. ¿Habría hablado en su delirio? ¿Qué había sucedido? ¿Cómo le habían encontrado? ¿Cómo le habían transportado? ¿Le había visto Maddalena? ¿Le había compadecido? Ante la idea de su piedad, se sintió enternecer, deseó otra vez la muerte.

En aquel momento entró tía Annedda. Pronto vio la mejoría de Elias y se inclinó sobre el almohadón, riendo de alegría y de piedad.

"¿Sabrá algo?" se preguntó Elias, bajando los lívidos párpados.

– ¡Hijo mío! ¿Cómo te encuentras? – preguntó la madre, poniéndole una mano en la frente.

– Así, así.

– Dios sea bendito. Has tenido mucha fiebre, Elias. Por poco suspenden las bodas...

"¡Lo sabe!" pensó él con dolor.

– Pero esta mañana estabas ya un poco mejor. Tu hermano se ha casado a las diez.

"¡No saben nada!"

Pero este pensamiento no bastó para aliviarle del indecible dolor que las palabras de su madre le producían, Porque, en el fondo, él esperaba todavía. ¿Qué esperaba? Ni siquiera él lo sabía; esperaba lo desconocido, lo imposible; pero esperaba.

Ahora todo estaba acabado. Cerró los ojos y volvió a abrir la boca, y dejó de oír las palabras de su madre. Sentía todo su cuerpo dolorido y pesado, inmóvil como una piedra, y le parecía que aunque hubiese querido moverse no habría podido.

Todo estaba acabado.

Tía Annedda lo dejó otra vez solo. Al abrir la puerta, llegaron de la cocina y del patinillo más distintas las voces de los invitados, y alguna carcajada reprimida. Elias volvió a abrir los ojos, miró las paredes en las que moría la melancólica luminosidad del crepúsculo, pensó en la alegría de los otros, que no se preocupaban de él, y sintió más grave su grave dolor, su soledad, su fin. Y lloró silenciosamente, perdiéndose en un dolor más oscuro que la muerte.

Mientras tanto, la noticia de su mejora, difundida por tía Annedda, apartó del alma de la familia y de los pocos invitados — todos parientes de los novios — la sombra de la enfermedad de Elias. El más alegre fue, naturalmente, tío Portolu.

– San Francisco sea alabado – dijo levantándose. – Si mi hijito hubiese muerto, yo no le hubiese sobrevivido. Vamos a verle, a hacerle compañía. Vamos.

A causa de la tristeza, tío Portolu ni siquiera había bebido, y ni tan solo se había rehecho las cuatro trencillas de sus cabellos; pero iba limpio, con los zapatones untados de sebo y el traje nuevo flamante, ¡solo Maddalena pareció quedarse indiferente, con sus largos párpados de madona bajados con resignación. Maddalena estaba sentada junto al novio, en el patinillo, y hablaba poco, mirándose los anillos y cambiándolos con frecuencia de dedo. Pietro era feliz. Iba afeitado, y tenía los ojos brillantes y los labios rojos. Y en sus ropas de novio, con el blanco cuello de la camisa pespunteado y con las puntas vueltas sobre el chaleco de terciopelo azul turquí, parecía casi hermoso.

– Vamos, vamos – decía tío Portoiu, deseoso de volver a ver a Elias. Y apenas abierta la portezuela de la habitación, empezó a contar chistes, riendo con su risa forzada, sin darse cuenta del dolor mortal que paralizaba a su hijo.

– ¿Lo veis a *su bellu mannu*[17], la florecita de nuestra casa, que quería morirse precisamente el día en que su hermano se casaba? ¿Creéis que estas son cosas que se pueden hacer? Pero yo te vi en las piedras, la otra noche, y me dije: "El palomo quiere ponerse enfermo." Luego vamos, lo encontramos allí, debajo de aquel árbol, como muerto, y lo tenemos que traer hasta aquí en un carro. ¡No son cosas que se pueden hacer! ¡Tienes la cara blanca como la ceniza, Elias! ¡Eh, eh!, ¿quieres beber? Mira que el vino cura todos los males. Tu hermano sé ha casado, ¿lo sabes? Luego te levantarás y beberemos a la salud de los novios.

– Déjalo en paz – dijo tía Annedda en voz baja, tirándole del gabán

Y tío Portolu se calló, mirando fijamente con tristeza los ojos cerrados de Elias.

Los novios se habían quedado en el patio, rodeados de los parientes. En verdad, la conversación no era muy animada, se sentía todavía alrededor una pesadez, una molestia, que la actitud tímida y fría de la novia no ayudaba ciertamente a disipar.

Algún golfillo impertinente se asomaba al portal gritando, pidiendo dulces, arrojando piedras a la pared. En la cocina, la madre de la novia y otra parienta preparaban la cena. Tía Annedda iba y venía, del patio a la cocina, de la cocina al cuarto de Elias, de puntillas, con la cara blanca y tranquila. Ella ya sabía que Elias tenía que mejorar. Creyendo que había 'tomado algún susto', le había preparado y hecho beber un agua especial, luego le había puesto al cuello una medalla santa, había colgado la lamparilla a San Francisco y, finalmente, había pronunciado las *palabras verdes*, conjuro que servía para saber si el enfermo tenía que vivir. ¡Las

---

17) El muy hermoso, el bellísimo.

palabras verdes respondieron que viviría. San Francisco sea alabado y Dios sea bendito en todas sus santas voluntades!

Poco a poco la gente se fue. Se quedaron solamente los hermanos y la madre de la novia y una vecina de tía Annedda. La cena fue más melancólica que la comida. Se oía a Elias gemir de cuando en cuando, y un velo de tristeza gravitaba sobre todos.

– Parece que estamos en una cena de velatorio – dijo tío Portolu esforzándose por reír; pero se sentía triste, y le parecía de mal augurio para los novios la melancolía que había empañado su día de bodas.

Cuando estuvo segura de que nada faltaba en la mesa, tía Annedda entró en el cuarto de Elias con una escudilla de caldo.

– Incorpórate un poco y bebe, hijo mío – dijo amorosamente, enfriando el caldo con la cuchara.

Pero Elias hizo una mueca de asco y alejó con la suya la mano de su madre.

– Elias, hijo mío, bebe, sé bueno. Bebe, que te sentará bien.

– No, no, no... – repetía él infantilmente, lamentándose.

– Vamos, sé bueno. Si te quedas así te pondrás enfermo de verdad y cometerás un pecado mortal; porque el Señor... quiere que conservemos la salud.

El abrió los grandes ojos llenos de angustia y de sufrimiento físico.

– Dejadme en paz, dejadme morir en paz – dijo.

Tía Annedda salió y volvió seguida de Maddalena. Apenas vio a la novia, Elias empezó a temblar visiblemente y no tuvo ni las ganas ni la fuerza de esconder su turbación. Solo procuró desearle murmurando: – Felicidades... – pero las palabras se murieron en su garganta.

– Elias, ¿por qué haces esto? ¿Por qué no tomas algo? – dijo Maddalena, fría y firme. – Ya no eres un niño. ¿Por qué haces sufrir a tu madre? Vamos, sé bueno, como dice ella.

El se incorporó inmediatamente, cogió la escudilla y bebió, jadeante y temblando como una hoja. Después le hicieron beber vino, y Elias pronto cayó en un sopor ligero y agradable, que en seguida dio paso a un sueño tranquilo.

Pero a altas horas de la noche se despertó y, apenas despierto, a pesar del bienestar físico que el sueño le había procurado, sintió un ímpetu de angustia indecible, una desesperación, profunda. Maddalena estaba allí, bajo el mismo techo, y Pietro era feliz.

Elias sintió que para él, si bien había terminado la alegría de vivir, empezaba el espasmo de la lucha contra los celos, el pecado, el dolor. A su alrededor y dentro de él había una terrible oscuridad. Y volvió a sentir un deseo loco de levantarse, de moverse, de andar, de irse lejos. Era su destino.

"Yo me voy, – pensó – es preciso que me vaya, que me mueva, que me vaya lejos, que no vuelva más aquí. Si no, soy hombre perdido. ¡Ay, ay...!"

Se volvió retorciéndose. Apretó los puños y golpeó con la frente contra la almohada, mordiéndose los labios para ahogar los sollozos y los gemidos con un deseo rabioso de arrancarse el corazón, de apretarlo en el puño y de tirarlo contra la pared.

VI

Avanzaba otoño, trayendo una dulce melancolía a la *tanca*. En los días vaporosos, el paisaje parecía más amplio, con misteriosos confines más allá del límite velado del horizonte. Y una soledad más intensa gravitaba sobre los campos; los árboles, las piedras, las matas, adquirían cierta gravedad, como si también ellos sintieran la tristeza otoñal. Grandes cuervos lentos y melancólicos surcaban el cielo pálido. La hierba otoñal renacía en los rastrojos ennegrecidos por las abundantes lluvias caídas últimamente.

En uno de estos días velados, todavía tibios, pero tristes, Elias se encontraba solo sentado junto a la cabaña. Leía uno de sus acostumbrados libritos de plegarias y de meditaciones. El rebaño pacía a lo lejos. Algún hermoso corderillo de otoño, blanco como la nieve, balaba con lamentos de niño mimado.

Elias leía y esperaba al tío Martinu Monne, al que había mandado llamar para pedirle un consejo.

"Esta vez, – pensaba – esta vez quiero seguir el consejo del viejo. Él tiene experiencia de la vida, y tal vez hubiese hecho bien siguiendo desde el principio sus consejos. Basta – añadió después para sí, suspirando. – Ahora todo ha terminado."

Finalmente, la gran figura del viejo apareció en el fondo vaporoso del sendero, avanzando recta y rígida hacia la cabaña.

Elias se puso en pie, dejó el libro y fue al encuentro de tío Martinu. Aunque sabía que en la *tanca* no había nadie, recordando el proverbio de que «toda pequeña breña puede esconder pequeños oídos», y queriendo hablar con seguridad, condujo al viejo a un lugar abierto, libre de maleza y de rocas. Solo alguna piedra surgía entre el rastrojo, y en dos piedras, precisamente, Elias y el viejo se sentaron.

Empezaron a hablar de cosas indiferentes: de lo que había hecho tío Martinu durante todo el tiempo que no se había dejado ver, de las ovejas, de los corderos, de un toro que habían robado en una *tanca* vecina. Pero, de repente, el viejo miró fijamente a Elias y cambió de tono.

– ¿Por qué me has hecho llamar, Elias Portolu? ¿Qué hay de nuevo?

Elias tembló, enrojeció y miró a su alrededor: no vio a nadie. El bosque, las rocas y las breñas callaban en los fondos vagarosos, bajo el sopor del cielo velado.

– Quiero pedirle un consejo, tío Martinu...

– Otras veces me has pedido consejo y no lo has seguido.

– Ahora es distinto, tío Martinu. Y seguramente hubiera hecho mejor en seguir entonces su consejo; pero basta, todo está terminado. Yo deseo hacerme cura, tío Martinu. ¿Qué piensa usted de eso?

El viejo miró a la lejanía, pensativo.

– ¿Estas todavía enamorado?

– ¡Más que nunca! – prorrumpió Elias, y poco a poco su voz se fue apagando, haciéndose triste, casi llorosa. – A veces me parece que me vuelvo loco. Ella es hermosa; ¡ah, si viera usted lo guapa que está ahora! Siempre me propongo no volver a casa, no verla, no mirarla; pero el Demonio me empuja, tío Martinu mío, y también ella me mira, y yo tengo miedo. Es preciso buscar un remedio; si no, sucederá lo que usted dijo.

– ¿Por qué no te casas?

– ¡No me hable usted de eso! – dijo Elias, poniendo cara de asco. – Maltrataría a mi mujer, lo presiento, tal vez me volvería malo, y el Demonio tendría más poder sobre mí.

– ¿Conque Maria Maddalena te mira?

– ¡Ah, no diga nombres, tío Martinu! Sí, me mira.

– Entonces, ¿no es una mujer honrada?

– Yo creo que es honrada; pero no quiere a su marido, nunca le ha querido, y su marido no la trata bien. Pronto se ha cansado, tío Martinu. Además, se emborracha con frecuencia, y entonces se vuelve malo; suelen reñir a menudo.

– ¿Tan pronto?

– ¡Bah!, en estas cosas se empieza pronto. Pero, precisamente porque ella no le quiere, tengo miedo de que Pietro acabe por pegarla. El no quiere que salga de casa, que vaya a ver a su madre, que charle con las vecinas.

— ¿Está celoso?

— No, no está celoso, nunca lo ha sido; pero es colérico, bebe demasiado, abusa de su bienestar.

— ¡Ah, Elias, Elias! ¿Qué te dije yo? ¡Si hubieses seguido mi consejo! — exclamó el viejo; pero de pronto meneó la cabeza, y añadió: — Por otra parte, ¿quién sabe?, tal vez contigo hubiera sido lo mismo.

— ¡Ah, no!, ¿qué está usted diciendo? — dijo Elias con fervor, mientras en los ojos le brillaba un doloroso sueño. — Yo hubiera adorado sus pensamientos, sus deseos...

— ¡Vamos, déjalo correr! Se suele decir eso, pero llega un día en el cual nos cansamos de todo, y especialmente de la mujer. ¿Crees tú, Elias Portolu, que tu capricho durará mucho? Llegará un día en que te reirás de él. Ella tendrá hijos, se estropeará, no te mirará más, se volverá como tantas otras labradoras madres de familia, llevará los vestidos sucios, será vieja, desaliñada y fea.

— Se engaña usted, tío Martinu. Ese es el mal: ella no tendrá nunca hijos y se conservará durante mucho tiempo hermosa y fresca.

— ¿Qué sabes tú de eso, Elias Portolu?

— Lo ha dicho mi madre, que entiende de estas cosas. Yo creo que el mal humor de Pietro se debe sobre todo a eso. No me traicione, tío Martinu!, porque le digo muchas cosas que ni siquiera diría al confesor.

— ¡Si crees que puedo traicionarte, no debías llamarme! ¡He oído cosas aún peores! Por otra parte, — dijo después el viejo — no importa que no tenga hijos, se estropeará lo mismo.

— ¡No lo crea, tío Martinu! Es una de aquellas mujeres que con el paso de los años, aunque no sean felices, se van haciendo más hermosas. En casa no hay trabajo; si el marido la trata mal, los demás, especialmente mi madre, la adoran. Ella estará bien materialmente y será siempre hermosa. Además, yo no la amo por su belleza. La quiero porque... *¡es ella!*...

— Envejecerá. Envejeceréis.

— ¡Ah, de aquí a entonces hay tiempo! ¡Y qué dice usted, usted, que es un sabio! ¿No sabe, pues, qué es la juventud? Acabaremos por caer en pecado mortal, ¿y entonces?

– Pero ¿crees tú, Elias Portolu, que haciéndote cura todo termine? El hombre, el joven, no morirá en ti; podrás caer lo mismo, y entonces ya no será un pecado, sino un sacrilegio.

– ¡Ah, no!, ¿qué dice usted? – dijo Elias con horror. – Entonces será diferente. Ella no me mirará más, y, además, yo haré que me manden a un pueblo.

– Bien, todo eso está bien, hijo mío. Pero, dejando aparte las otras cosas, dime, tú ya no eres niño: ¿te querrán? Para hacerse cura hace falta tiempo, hacen falta estudios, hace falta dinero.

¡Quién sabe si todo se podrá superar, quién sabe si mientras tanto podrás vencer la tentación!

– Una vez que haya anunciado mi propósito, nada temeré. Ella no me mirará más y yo me venceré. Ya no soy un niño, es verdad; pero tampoco tengo treinta años, como aquel pastor que vendió su rebaño y se hizo cura en menos de tres años.

– Todo eso está bien; pero yo te digo otra cosa: que los curas que se hacen curas por disgustos, y especialmente por disgustos amorosos, no me gustan nada. Hay que empezar de niños, hay que serlo por vocación.

– La vocación la tengo y la tenía. Me había venido de muchacho, y luego me ha vuelto cuando estaba en *aquel sitio*. Y no piense, tío Martinu, que si me hago cura es por gandulería, por ganar, por vivir bien, como algunos, por desgracia, hacen. Es porque creo en Dios y quiero vencer las tentaciones del mundo.

– No basta, Elias Portolu. El hombre que se hace sacerdote no solo debe rechazar el mal, sino hacer el bien. Debe vivir enteramente para los demás; debe, en una palabra, hacerse cura por los demás y no por él. Mientras que tú te harás cura por ti solamente, por salvar tu alma, no la de los demás. Piénsalo bien, Elias Portolu: ¿tengo razón, sí o no?

Elias se quedó pensativo. Notaba que el viejo sabio tenía razón, sí; pero no quería, no podía darse por vencido.

– En fin, – dijo – ¿usted me lo desaconseja, tío Martinu? Pero piense usted también si obra bien o mal: interrogue a su conciencia.

Tío Martinu, que no se alteraba nunca, pareció herido por la última observación de Elias. Sus ojos agudos miraron a lo lejos, hacia el horizonte vaporoso, mientras su ruda alma absorta sentía arcanas voces que vibraban en aquel gran silencio de desierto.

– Mi conciencia me diría que montara en cólera contra ti, Elias Portolu – dijo al cabo de un momento de silencio. – Como dice tu padre: tú no eres un hombre, eres una pajilla, una caña que se dobla al primer soplo de viento. Por eso te has enamorado de una mujer a la que no puedes poseer, a la que no quieres poseer, y ahora quieres convertirte en un mal sacerdote, mientras podrías ser un hombre apto para el bien. ¡Águilas es preciso ser, no tordos, Elias! ¡Tiene razón tu padre!

Y mientras Elias se quedaba agobiado por aquellas rudas observaciones, el viejo prosiguió: – ¿Sabes tú qué es el dolor, Elias Portolu? ¿Crees que has bebido toda la hiel de la vida porque has estado en la cárcel y porque te has enamorado de la mujer de tu hermano? ¿Qué es eso? Nada: un hombre debe escupir sobre esas pequeñas cosas. El dolor es otra cosa, Elias, es otra cosa. ¿Has experimentado la angustia de tener que cometer un delito? ¿Y luego el remordimiento? Y la miseria, ¿sabes tú qué es la miseria? Y el odio, ¿sabes qué es? ¿Y ver triunfar al enemigo, al rival, que se apodera de lo tuyo y luego te persigue? ¿Y te han traicionado? ¿Traicionado la mujer, el amigo, el pariente? ¿Y has acariciado durante años y años un sueño, y luego lo has visto desaparecer ante ti como una nube? ¿Y has experimentado qué es llegar a no creer ya en nada, a no esperar ya nada, a verlo todo vacío a tu alrededor? No creer en Dios, o creer que es injusto, y odiarle porque te ha abierto todos los caminos y luego te los ha cerrado uno a uno, ¿sabes lo que eso significa, Elias Portolu, lo sabes?

– Tío Martinu, me asusta – murmuró Elias.

– ¡Ves qué clase de hombre eres! Te asustas solo de oír hablar del dolor del hombre. Ve, levántate y ve, Elias Portolu. ¡Vete!, ¡vete!, ¡vete! Eres joven, eres sano, ve y mira cara a cara a la vida: sé un águila, y no un tordo. Además, el Señor es grande, y suele reservarnos alegrías que ni siquiera imaginamos. Un hombre no debe desesperar. ¿Quién sabe si dentro de un año eres feliz y te ríes de tu pasado? Vete.

Como sugestionado, Elias se levantó y se dispuso a alejarse, pero el viejo le dijo: – ¡Eh!, ¿me dejas solo? ¿No me haces pasar a la cabaña?; ¿no me das cuajada y leche?

– Vamos, tío Martinu. Estoy aturdido como una oveja loca.

Se pusieron en camino silenciosos. En la cabaña, Elias dio al vieio leche, vino, pan y uvas, y hablaron otra vez de cosas indiferentes. Antes de separarse, tío Martinu volvió inesperadamente sobre el tema.

– Por otra parte, siempre hay tiempo: cuando sepas verdaderamente qué es la vida, si quieres retirarte, retírate. Pero acuérdate de lo que te he dicho: mejor ser hombre del mundo apto para el bien, que hombre del Señor inclinado al mal. Adiós, vigílate.

Elias se quedó triste, pero tranquilo: es más, le parecía sentirse fuerte y avergonzado de su pasada debilidad.

"El viejo jabalí tiene razón: hay que ser hombres, – pensaba – hay que ser águilas, y no tordos. Quiero ser fuerte: buen cristiano, sí, pero fuerte."

Y durante varios días se sintió triste, pero no desesperado, e hizo todo lo posible por sacarse de la cabeza las ideas melancólicas.

El otoño era extraordinariamente suave y dulce en la *tanca*. El cielo había vuelto a serenarse, adquiriendo aquella dulzura tierna, inexpresable, del cielo del otoño sardo. En los horizontes lejanos, en los fondos un poco lechosos, parecía que estuviera el mar. Algunos atardeceres, el horizonte se volvía de un tono rosado lechoso de madreperla, con alguna nube de un azul pálido, que parecía una vela navegante. Sobre la claridad del cielo, el bosque se dibujaba con tonos sombríos y húmedos: solo caían las hojas de los arbustos; pero alguna encina, perdida en la amplitud de la *tanca,* empezaba a dorarse. Y la hierba tierna y espesa crecía recubriendo los rastrojos oscuros. Alguna flor silvestre, especialmente cerca del agua, abría sus melancólicos pétalos violeta.

Y el sol expandía gratas tibiezas por cada rincón, por los brezos, por los muros, por las rocas, y en aquella dulzura de sol, bajo el delicado cielo, con sus prados de hierba breve y fina, la *tanca* parecía cada vez más amplia, ilimitada, con sus confines perdidos en la orilla de los plácidos mares del horizonte.

La vida en la majada proseguía tranquila, y, en aquella estación, poco fatigosa.

Tío Portolu se ausentaba con frecuencia, y Mattia llevaba una vida un poco selvática y taciturna. Mattia quería mucho al rebaño, a los perros, al caballo. El gato y el cabrito, que iban creciendo, seguían detrás de él, y él les hablaba como si fueran amigos. Desde hacía un tiempo se encontraba ocupadísimo fabricando colmenas de corcho, ya que quería tener un colmenar para la próxima primavera. Era de gustos simples y no tenía ningún vicio, pero era supersticioso y un poco miedoso. Creía en los espíritus y en las almas en pena, y durante las largas noches de la *tanca,* siguiendo el rebaño, había palidecido muchas veces porque le parecía ver movimientos misteriosos en el aire, animales extraños que pasaban corriendo sin hacer ningún ruido, y en la voz lejana del bosque, en aquella inmensa soledad de brezos y de rocas, solía oír lamentos arcanos, suspiros y susurros.

Elias envidiaba un poco el carácter y la simplicidad de su hermano.

"Míralo, – pensaba – siempre tranquilo como un niño de siete años. ¿En qué piensa?, ¿qué desea? Nunca ha sufrido y acaso no sufrirá nunca: no es fuerte; pero, sin embargo, es más fuerte que yo."

A fines de aquel otoño, sin embargo, después de la conversación con tío Martinu, le pareció que finalmente había alcanzado una cierta energía. Por lo menos, conseguía dominarse y hacer buenos propósitos para el porvenir. Pero un día, al volver al pueblo, encontró disgustados a Pietro y Maddalena. En aquel tiempo, Pietro sembraba el trigo, cuya semilla había sido guardada en un arcón sardo antiguo de madera negra, que estaba en la habitación de los recién casados. Ahora a Pietro le parecía que faltaba una cierta cantidad de esta semilla, y había empezado a murmurar contra la mujer.

– ¿Qué quieres que haya hecho yo con ella? – decía Maddalena, bastante ofendida. – ¿Tortas o dulces? Tú sabes que en tu casa no hay secretos, y aquí está tu madre, que ve todos mis gestos.

– Tiene razón, hijo mío – confirmaba tía Annedda. – El trigo no puede faltar. ¿Qué podíamos hacer nosotras con él?

– ¡Vosotras lo sabréis, mujeres! ¡Vosotras hacéis y deshacéis, tenéis necesidades secretas, tonterías, y para subvenir a vuestros caprichos recurrís a las provisiones y malgastáis lo vuestro y engañáis al pobre marido, que trabaja todo el año por vosotras!

Pietro hablaba en plural, pero Maddalena sabía que cada palabra iba dirigida a ella.

– Habla conmigo, – dijo encolerizada – no acuses a tu madre. El trigo estaba en nuestra habitación.

– Y de allí ha faltado.

– ¿Quieres decir que he sido yo?

– Sí – gritó Pietro.

– ¡Porquería!

– Porquería, ¿quién? ¿Yo?... ¡Veis a la hija de Arrita Scada! ¡Maldita la hora en que te he tomado!

Se cruzaron este y otros vituperios. En aquel momento llegó Elias, y tía Annedda salió al patio para ayudarle a descargar las alforjas del caballo. Elias oyó el altercado y sintió que el corazón se le encogía.

– ¿Qué les pasa? – preguntó con los dientes apretados. – ¿Por qué disputan? ¡Ah! – dijo en voz alta, después de haber escuchado algunas palabras en voz baja de su madre, – es una infamia. ¿Se está volviendo loco Pietro? ¡Y nuestra casa está convirtiéndose en una casa de escándalo! ¡Ya es hora de acabar!

– ¡Estamos al principio! – dijo Pietro, saliendo a la puerta, con los ojos chispeantes de ira. – Y tú, métete en tus asuntos, si no quieres tener también la parte que te toca.

– ¡Hombre, – gritó Elias – mira lo que dices!

– Míralo tu. Yo soy un hombre; pero tú eres un cuerno, y procura no mezclarte en mis asuntos.

– Basta, hijos míos, basta, ¿Qué es esto? Esto no había sucedido nunca en mi casa – dijo tía Annedda, quejosa y palidísima.

– Yo soy el dueño – decía Pietro, fanfarrón, – es preciso que lo oigáis. El dueño soy yo, y si hay gente que quiere mandar, estoy dispuesto a aplastarla como se hace con los saltamontes.

Entraron en la cocina, y Maddalena, al ver a Elias, al oír las palabras de Pietro y de tía Annedda, se puso a llorar. Esto acabó de irritar a Elias contra Pietro y a Pietro contra Maddalena.

– Ahora venís con lágrimas. ¡Mujeres, mujeres! Buenas acciones son menester; si no, de ahora en adelante habrá quien haga amistad con el bastón.

– ¡Pruébalo, cobarde! – gritó Maddalena, irguiéndose amenazadora. – Miserable, calumniador, cobarde...

Pietro enrojeció de ira y se abalanzó sobre ella, gritando:

– ¡Repítelo, repítelo, si puedes!...

– Tú estás borracho...

– ¡Basta! – gritaron a una vez tía Annedda y Elias, deteniéndolo. Y Maddalena sollozaba y repetía: – Calumniador, vil, vil, vil...

– Ahora os mostraré si estoy borracho o si soy un cobarde – gritó Pietro, desprendiéndose, y se acercó a Maddalena y le dio una bofetada.

Elias se volvió lívido, sintió que temblaba. Por fortuna, tía Annedda le sujetó, y Pietro tuvo la prudencia de marcharse; si no, hubiera sucedido un desastre.

– Esto para empezar – gritó Pietro desde el patio, con voz rabiosa, pero irónica. – ¡Podrías haberte casado tú, hermano mío, con esa joya! Ahora voy y me emborracho, y si cuando vuelva hay alguien que quiera levantar ni siquiera un dedo, veremos quien es el león y quién la lagartija.

Y salió. Maddalena había dejado de llorar apenas recibió la bofetada. Se había vuelto bianca como un cadáver y temblaba de ira y de dolor, pero había comprendido instantáneamente que si no cambiaba de método sería la causa de graves desgracias en la familia.

– La culpa es mía – dijo con voz temblorosa. – Perdonadme, pero no sucederá más. Ya que he cargado con la cruz, sabré soportarla. Perdonadme, perdonad el escándalo, perdonad mi lengua. ¡Ah! – dijo luego, mientras Elias, pálido y silencioso, la devoraba con los ojos y tía Annedda cerraba el portal, – ¡que no sepan nada de eso mi madre y mis hermanos!

"¡Es una santa! – pensaba Elias. – ¡Ah!, Pietro no se la merecía; él es una bestia feroz."

"¡Tenías que haberte casado tú con ella!" Estas palabras de Pietro le resonaban en la cabeza, en el corazón, en el hervor de toda su sangre alterada.

"¡Qué he hecho!, ¡qué he hecho! ¡Qué error irremediable! Ahora son infelices, porque ella no le ama, y él debe de estar irritado por eso, y yo..., ¿qué soy yo? Yo soy más infeliz que ellos, yo la amo más que antes, yo..."

Sentía un impetuoso deseo de estrechar a Maddalena en sus brazos y de llevársela. ¡Era el momento, era el momento! ¿Quién los separaba? ¿Qué los separaba?

Pero tía Annedda entró y él volvió a la realidad.

Durante el resto de la tarde tuvo, sin embargo, ocasión de encontrarse a solas con Maddalena. Ella trabajaba silenciosa, sentada junto a la puerta, abierta de par en par; graves suspiros le subían de cuando en cuando del corazón y tenía los párpados violeta. Elias salía, volvía, no se decidía a marcharse. Un encanto fatal le atraía hacia aquella puerta abierta de par en par, le obligaba a moverse alrededor de aquella mujer joven, como una mariposa alrededor de la llama. Creía que Maddalena estaba tal vez más angustiada de lo que en realidad se sentía, y se consumía más a causa del dolor de ella que del suyo. Le aturdían lamentos vanos, remordimientos inútiles, ira contra Pietro, deseos fatales. Hubiera dado la vida en aquellos momentos de pasión por consolar a Maddalena; pero, en cambio, no conseguía decirle una palabra, y se irritaba secretamente contra su timidez.

– ¿No te vas? – le preguntaba tía Annedda, suplicante. – Vete, hijo mío, vete, que ya es hora. Vete, que te esperan, vete.

– ¡Ya veré yo si me voy! – contestó al fin, molesto.

– ¡Ah, hijo mío, tú quieres dar un escándalo! Vete, vete. Tu hermano volverá borracho, daréis otro escándalo. ¡Ah, hijos míos, no tenéis temor de Dios, y la tentación os arrastra!

Maddalena suspiró casi gimiendo, y las palabras de su madre hirieron a Elias. Era verdad: el demonio le tentaba, y él esperaba con agrio deseo el regreso del hermano para insultarle, para hacerle pagar el dolor y la humillación de Maddalena. Y no era solo eso: miraba ya a Maddalena con ojos distintos que hasta entonces. Tuvo conciencia de todo y sintió un movimiento de terror.

"¡Estoy a punto de perderme, de perdernos! – pensó. – ¿Para qué ha servido mi sacrificio? He cedido a mi hermano la novia para no verle infeliz, y ahora soy yo, yo mismo, quien quiere hacerle desgraciado. Pero ¿es posible que yo sea capaz de tanto?

¿Yo? ¿Yo? – se interrogaba luego con asombro. Le parecía que se había convertido en un ladrón, y se maravillaba y se asustaba de sú cambio. – Es preciso que me vaya y que no vuelva nunca más" pensó finalmente.

Se decidió y partió, con gran descanso por parte de su madre, que esperaba aquel momento con anhelo. Maddalena no se movió y ni levantó siquiera sus largos párpados violados de madona dolorosísima; pero él, al salir, la envolvió en una mirada desesperada, y se marchó con la muerte en el corazón.

Un dolor grave, trágico, se apoderó de él desde aquel día. Empezó a desesperar de sí mismo y de todo y a odiar a sus semejantes. Hasta entonces, su desesperación y su necesidad de soledad habían tenido algo de dulce y de bueno; ahora, se volvían malas, agrias, al estar acompañadas de un instintivo deseo de venganza. Elias Portolu! sentía que la suerte, la malvada esfinge que atormenta a los hombres, había sido injusta con él: él había intentado hacer el bien, sacrificándose a sí mismo, y, en cambio, el bien se le había convertido en mal. ¿Por qué? ¿Qué fatalidad tenía el derecho de hurtarse así de los nombres? En la inmensa soledad de la *tanca,* bajo el pálido cielo de otoño, en el misterioso dolor del paisaje desierto, de los neblinosos horizontes, el alma del pastor se planteaba los terribles dilemas de los nombres refinados, pero no conseguía hallar ninguna explicación. Le quedaba solo el dolor, y en el dolor no solo perdía la fe, sino que empezaba a agitarse el monstruo de la rebeldía.

Más de una vez, Elias, vagando cerca de los límites de la *tanca,* había entrevisto a tío Martinu!, aquel viejo pagano cuya rígida figura dominaba el triste y fatal paisaje formando al mismo tiempo un todo con él. Pero siempre lo había evitado con enojo.

"Es una vieja bestia – pensaba. – ¿Qué es el dolor? ¿Qué es el dolor? Él, el viejo de piedra, se ha reído de mí; pero, con todos sus delitos y sus desgracias y su sabiduría, no sabe que yo sufro más en un día que él en toda su vida. Que no se me presente con sus sermones, porque le mato con la el hacha."

Y, sin embargo, sentía que el viejo no le había hecho ningún daño. Al contrario, ¡si hubiera seguido sus consejos!... Pero Elias estaba irritado contra todos, y sobre todo contra sí mismo, y sentía una cruel necesidad de hacer daño a alguien, aunque fuese a un niño, para experimentar no placer, sino dolor.

Solía ir a la majada un muchachito, hijo de un pastor vecino, gente muy pobre. Era un poco idiota; pero bueno, andrajoso, tan delgado y moreno que parecía una estatuilla de bronce, iba casi cada día a la cabaña de los Portolu y se entretenía tranquilo con el gato, con el cochinillo, con los perros. Elias solía darle pan, fruta y leche, y a veces vino, y el muchacho le había tomado cariño. Pero un día lo pagó todo. Elias se encontraba solo en la cabaña y estaba de un humor terrible, porque la noche anterior Mattia había traído malas noticias de casa: Pietro se emborrachaba cada vez que volvía del trabajo e insultaba y maltrataba a Maddalena. El niño se acercó con los pasitos silenciosos de sus piececitos descalzos, abrazó al perro y luego entró en la cabaña.

– ¿Qué quieres? – le preguntó Elias, rudamente.

– ¡Dame leche!

– No tenemos.

– Dame leche, dame leche, dame leche – comenzó a decir el pequeño, y no terminaba nunca.

Elias sintió una irritación física invencible, cogió al pequeño por el brazo y lo echó, a patadas, lejos, insultándole como a un adulto y diciéndole que no volviera más. El niño se fue casi con dignidad, sin decir palabra; pero, al cabo de un rato, Elias le oyó llorar en la lejanía, con un llanto desolado, desesperado, que vibraba tristemente en la soledad, y experimentó un impulso de ira contra sí mismo, un ímpetu violento de morderse los puños hasta hacerse sangre. Aquel llanto le parecía el eco de su dolor. Una infinita desesperación le envolvió.

"Soy un animal, soy un perdido. Pero ¿son los otros diferentes de mí? Todos somos malvados, con la diferencia de que los otros no tienen escrúpulos y gozan, y yo sufro porque he sido un estúpido, porque he hecho bien a quien no se lo merecía."

Brotaban también en él, con insistencia, desde lo más hondo del alma, los recuerdos de *aquel sitio,* y le parecía que el dolor sufrido a causa de la condena había sido nada en comparación con el dolor que sentía ahora. Por lo pronto, sin embargo, el recuerdo del dolor pasado aumentaba el presente: acudían a su mente detalles olvidados; el recuerdo de las humillaciones, de las vejaciones, de las persecuciones de los 'esbirros', como él llamaba a los guardianes del presidio, le hacían enrojecer de ira. ¡Ay, si hubiese tenido alguno a mano, en aquellos momentos, en la *tanca* solidaria!...

"Le haría pedazos – pensaba, rechinando los dientes, – y luego lamería la sangre del cuchillo."

Parecía que una bestia feroz se agitara dentro de aquel joven pálido, de aspecto dulce, al que con frecuencia se veía sentado junto a la cabaña con las piernas abiertas, con los codos sobre las rodillas, sumergido en la lectura de libros sagrados.

Mientras tanto, venía el frío, la inmensa tristeza del invierno en la soledad, y la constitución enfermiza de Elias lo acusaba profundamente. Los largos días de lluvia, de nieve y de fatiga (ya que es durante el invierno cuando el pastor sardo, cuando el rebaño y él mismo viven sin resguardo, trabaja y sufre más), el malestar de la cabaña, siempre llena de humo y de viento, la lucha contra los elementos, acabaron por agotar las fuerzas físicas y morales de Elias.

En aquel tiempo, durante ciertas nevadas que hacían morir heladas a las ovejas, volvió al joven la idea de hacerse cura. Pero ¡qué diferente de antes! En la áspera lucha contra los elementos y contra sí mismo, se desesperaba más que nunca, sentía un rebelde deseo de vida cómoda, una necesidad de tregua, y creía que su única salvación residía en el cambio de estado.

Y mientras tanto, un maléfico encanto le atraía con frecuencia al pueblo, a la casita tibia donde Maddalena trabajaba junto al fuego. Una paz relativa reinaba ahora entre el matrimonio. Maddalena, por lo menos, se había vuelto prudente, y a veces solo se oía la voz vinolenta de Pietro. Pero Elias ya no estaba en grado de preocuparse de si era feliz o no. La mala semilla había germinado, día a día el vaso se había ido llenando con una gota más y estaba a punto de derramarse. Elias se abandonaba secretamente y enteramente a su pasión. Pensaba: "Nunca lo sabrá nadie, y mucho menos ella. Pero verla, pero mirarla, ¿quién me lo impide? ¿Qué mal hago? No tengo otra alegría. ¿Y no tengo derecho a un poco de alegría?".

Y la veía con frecuencia, y la miraba, e instintivamente deseaba que ella se diera cuenta. Y ella se daba incluso demasiada cuenta, e inconscientemente correspondía a sus miradas. Y cuando sus miradas se encontraban, un estremecimiento, una interrupción de la vida, un vértigo de triste placer los arrebataba.

Estaban a punto de perderse, les faltaba solamente la ocasión. A finales de invierno, un verdadero delirio de amor se apoderó de Elias. Ya no razonaba, y entre sus atroces sufrimientos experimentaba una triste felicidad al saberse correspondido por Maddalena. Todo aquello que antes le parecía pecado y dolor, ahora lo tenía por justo y alegre; todo aquello que antes le infundía gran horror, ahora le atraía vertiginosamente.

El último día de carnaval, él, Pietro, Maddalena y otras dos mujeres jóvenes se disfrazaron. El matrimonio estaba en paz; es más. Pietro estaba muy contento. Tía Annedda se opuso débilmente al proyecto, pero no le hicieron caso. Con su simple buen sentido, la viejecita desaprobaba las mascaradas, los bailes, los disfraces carnavalescos, y le pidió a Maddalena que le prometiera no bailar, por lo menos con otras máscaras desconocidas, y muy en especial los bailes *modernos,* aquellos que permiten a las parejas estrecharse y tocarse.

Maddalena y sus amigas iban vestidas de *gatas,* es decir, llevaban dos sayas oscuras, una atada a la cintura y la otra al cuello, y la cabeza encapuchada con una bufanda. Los hombres iban disfrazados de *turcos,* con largas faldas blancas atadas a las rodillas, y corpiños femeninos, de brocados de vivos colores, puestos al revés, atados a la espalda y con la parte de atrás sobre el pecho.

Salieron en un momento en que la calleja estaba desierta, y bajaron a las calles donde Nuoro adquiere el aspecto de pequeña ciudad. Las mujeres avanzaban un poco tímidamente, temerosas de ser reconocidas, ahogando bajo la máscara de cera sus carcajadas de alegría pueril.

Y los hombres caminaban toscamente delante, como si abrieran camino a sus compañeras. De vez en vez, Pietro emitía un grito salvaje, gutural, estirando el cuello como un gallito. Entonces Elias recordaba los gritos de alegría de los caballeros que iban a San Francisco en una pura mañana de mayo. El corazón le latía. Desde el primer momento, él, que sabía un poco de bailes *modernos,* por haberlos aprendido en *aquel sitio,* se había dicho: "Bailaré con Maddalena."

No le importaba la prohibición de tía Annedda, ni la promesa de Maddalena: le inflamaba el deseo de bailar con ella y hubiera pasado sobre cualquier obstáculo para conseguir su propósito.

Una fuerza salvaje y rebelde se agitaba dentro de él. Así como un tiempo atrás conseguía dominarse y querer el bien ajeno, ahora sentía toda la audacia del mal y quería satisfacer sus peores instintos. Sentía que la cara le ardía bajo la máscara, y el traje, estrecho y engorroso, daba calor a todos sus miembros. Además, la jornada era tibia, velada, y en la suavidad del aire se percibía ya la promesa de la primavera.

Las calles estaban llenas de gente. Máscaras barrocas y triviales andaban arriba y abajo, entre una nube rumorosa de granujillas sucios que gritaban improperios y palabras indecentes. Pasaban máscaras solas, vestidas de vivos colores, seguidas por la mirada indagadora y burlona de los labradores y de los burgueses: pasaban señoras, niñas, criadas con los corpiños de color rojo sangrante; en algunos puntos del Corso se reían grupos de paisanos borrachos, y en aquel aire tibio y velado, que hacía los sonidos más distintos, como en un crepúsculo de otoño, subían y vibraban músicas melancólicas de guitarra y acordeón.

Todo ello bastaba para aturdir el alma de Elias, acostumbrado a las grandes soledades de la *tanca.* En vano creía haber conocido el mundo y estar dispuesto para cualquier cosa, porque había atravesado el mar y visto la triste muchedumbre de *aquel sitio.* ¡Ah!, ahora bastaba aquel pequeño carnaval de Nuoro, aquella multitud multicolor, aquel melancólico baile de un acordeón vagabundo para que su alma se perdiera en aquel mundo no suyo y las cosas tuvieran un aspecto diferente. Le parecía que toda aquella gente que andaba, hablaba y reía era feliz; es más, que estaba borracha de felicidad, y también él se abandonaba sin escrúpulo a la locura de sus deseos, a una irresistible necesidad de alegría y de placer.

Ahora él y Pietro caminaban llevando en medio a sus compañeras, protegiéndolas contra los golpes y los insultos de los granujillas. Maddalena iba en el centro; pero de vez en vez se inclinaba hacia adelante y miraba, ya a su marido, ya a Elias, que correspondía siempre a la mirada de aquellos ojos ardientes y oblicuos bajo la máscara.

– Hagamos algo, detengámonos. Ir así arriba y abajo es una estupidez – dijo Elias a su compañera.

– Como quieras – contestó esta, y comunicó a Maddalena el deseo del joven. Todos se detuvieron.

– ¿Qué hemos de hacer? – preguntó Maddalena.

– Bailar. Mira, allá bailan, vamos.

– Tu hermano quiere bailar – dijo Maddalena a Pietro.

– No.

– Sí – dijeron las mujeres.

– Mi madre no quiere.

– Bailemos el baile sardo.

Y las tres mujeres salieron corriendo, alegres, hacia donde se bailaba a los sones de un acordeón. Un círculo de gente, campesinos, granujillas, obreros, casi todos de caras pálidas y feas, atentas, insolentes, rodeaba a algunas parejas de máscaras que bailaban chocando y riendo.

Un hombre vestido de mujer, con la cara roja, barbuda, con la máscara echada hacia atrás sobre el cuello, tocaba, dándose mucha importancia, con los ojos fijos en el teclado del acordeón. Era una polca tocada con bastante maestría; pero triste, melancólica, como una música de organillo.

Nuestras máscaras rompieron el círculo de los curiosos y penetraron en el espacio donde se bailaba, mientras algunas parejas se paraban jadeantes, cansadas, pero no ahítas de placer. Nadie protestó contra los recién llegados; al contrario, un hombre vestido de fraile, con la cara teñida de amarillo, sacó a bailar en seguida a una de nuestras máscaras, que aceptó sin muchos cumplidos. Ellas se encontró al lado de Maddalena. Se estremecía de deseo de bailar; pero ahora, en el momento justo, no se atrevía por miedo de Pietro.

– Toca el baile sardo – gritó este al músico.

Y el músico levantó los ojos, contempló un momento a la máscara turca, pero no dejó de tocar.

– ¡Silencio! – gritaron las parejas que pasaban bailando por delante de Pietro.

– ¡Pues bien, silencio! – dijo él, como si se lo dijera a sí mismo, todo mortificado.

– ¡Bailad también vosotras, vamos! – dijo la máscara que bailaba con el fraile, pasando delante de sus compañeras.

– Bailemos, sí, bailemos. ¿Qué hacemos así? – suplicó graciosamente la otra máscara, dirigiéndose a Pietro.

El la miró a los ojos, abrió los brazos y dijo: – Bien, bailemos, si no te vas a morir de ganas. Pero mira que yo no sé bailar, y si te piso, tú tendrás la culpa.

La tomó entre los brazos y empezó a saltar y a girar cómicamente con ella. Por suerte, otra máscara, con un largo capotón atado a las caderas con una cuerda, acudió a liberar a la muchacha, rogando a Pietro que se la cediera. Entonces él retrocedió, se detuvo y vio que Elias y Maddalena bailaban juntos.

"¡Vaya, esos saben bailar! – dijo para sí, bonachonamente. – ¡Si los viera tía Annedda, a fe que les daría de palos!"

Elias y Maddalena bailaban bien, con compostura; pero no se preocupaban mucho del baile después de haberse encontrado, casi sin advertirlo, el uno en brazos del otro, aturdidos por una embriaguez sin nombre. Elias sentía que el corazón le latía casi angustiosamente, y Maddalena veía girar vertiginosamente a su alrededor aquel círculo de caras pálidas, feas, insolentes.

"Yo quisiera hablar, pero ¿qué debo decirle?" pensaba Elias, ciñéndole con un apretón desesperado el talle, bajo la falda oscura que le bajaba del cuello.

Pero en vano buscaba con angustia una palabra, una sola palabra que decir. Solo sentía un ímpetu loco de levantarla en brazos, de romper aquel círculo de estúpidos curiosos, de huir lejos, a la soledad, gritando en un solo grito todo su dolor y su pasión. Pero Pietro estaba allí, quieto, terrible como una esfinge, bajo su máscara, que se reía con una risa grotesca, y Elias, desde hacía un tiempo, tenía un extraño miedo a su hermano.

¿Sabía algo Pietro? ¿Adivinaba? ¿Es posible que fuera tan estúpido que no leyera en los ojos de su hermano la cruel pasión que le devoraba?

"¿Y qué me importa? – pensaba Elias, después de haberse hecho con terror estas preguntas. – Que lo vea y que me mate: me hará un favor."

Y no sentía ningún rencor hacia Pietro. Solo tenía miedo y, con frecuencia, además, una extraña compasión pueril por su hermano.

"El es más desgraciado que yo, porque quiere a su mujer y ella no le quiere – pensaba. – Pietro, hermano mío, ¡qué error hemos cometido!"

Mientras bailaba, arrastrado por el ímpetu de sus locos deseos, volvía a pensar confusamente todas esas cosas, y experimentaba pasión, piedad, miedo, dolor y placer, todo al mismo tiempo. El sonido del acordeón, los ruidos de la multitud, aquella fantasmagoría de caras y de colores, el movimiento, la máscara, el contacto de Maddalena, le aturdían y le incendiaban la sangre. Hubo un momento en que ya no vio nada: se inclinó jadeando y dijo a Maddalena algo que ella no comprendió, pero que le hizo levantar los ojos hacia los de él. El la miró largamente, desesperadamente, y desde aquel momento solo tuvo un pensamiento fijo, devorador.

El baile terminó. El círculo de los curiosos se deshizo y nuestras máscaras volvieron a vagar por las calles, entre la multitud. Luego la tarde declinó, pálida y velada, y siguiendo como en un sueño a sus compañeros, Elias se encontró en la calleja, delante de su casuca silenciosa, enfrente del seto, inmóvil en el crepúsculo. El gato, quieto en el ventanuco, con los ojos fijos en la lejanía, parecía sumido en la contemplación de las montañas grises y violetas que cerraban el horizonte. Se veía el fuego que ardía en el hogar.

Tía Annedda esperaba sentada en el patinillo, con las manos entrelazadas bajo el delantal; rezaba conjurando las tentaciones que podía arrastrar a sus hijos disfrazados (para ella la máscara era un símbolo del Demonio), y al irrumpir la cuadrilla se sobresaltó levemente. Tal vez un maligno espíritu interior le susurraba que su plegaria era inútil, que el Demonio vencía, que con la llegada de sus hijos disfrazados, el pecado mortal entraba en la casita, hasta entonces pura.

– ¿Os habéis divertido? ¡Ya era tiempo de que volvierais! – dijo, quejosa.

– Hemos tardado – confirmó Maddalena, pero sin lamentarse de ello. – Venid, venid, yo me muero de calor.

Y precedió a sus compañeras por la escalerilla exterior. Mientras tanto, Elias se quitaba la máscara, y Pietro, que ya se la había quitado en cuanto entraron, corría hacia el cántaro de agua y, levantándolo, bebía ávidamente.

– ¡Qué sed tienes! – dijo tía Annedda.

– Sed y hambre, madre mía. Déme de comer, que luego me voy al *seranu*[18].

Y se fué hacia la mesa adosada a la pared, en la que estaba el cesto del pan con los restos de la comida (aquel día los Portolu habían tenido un gran almuerzo: habas hervidas con tocino y *catas,* especie de buñuelos de harina con levadura, huevos, leche y aguardiente).

– Tú estás loco – dijo tía Annedda. – ¡Que San Francisco te ayude! ¿Qué piensas hacer? Tú cenarás con nosotros y luego te irás a dormir. No son noches para salir estas. Ve y cámbiate.

– ¡Qué va, qué va, madre mía! ¡El carnaval viene una sola vez al año! Yo iré al baile y vendrá también mi hermano Elias. ¡Hacía años que no estábamos juntos!

Elias, sonrosado y apuesto dentro de su disfraz femenino, se ensombreció. ¿Le causaban dolor las palabras del hermano? ¿O se avergonzaba por el ímpetu de alegría que le despertaba el proyecto de Pietro de querer pasar la noche fuera?

– Te engañas si crees que voy a ir al baile, – dijo, luego se hizo violencia y añadió – mejor sería que tampoco fueras tú.

– ¿Lo oyes, Pietro?

– No, yo voy. Eso es, ahora ceno y luego me voy. Y vendrás también tú, Elias. Verás cómo nos divertimos. Ven y cena.

– No, no; me voy a cambiar.

---

18) Sarao popular.

– Déme, vino, madre mía. ¡Ah, si supiera cuánto nos hemos divertido! Hemos... no, no hemos bailado; no lo crea, ¡aunque se lo digan! – exclamó Pietro, comiendo a grandes bocados. – ¡Hay que gozar de la juventud! Además, ¿qué mal hay en ello? Además, yo no sé bailar, pero me divierto igual. Y esas mujeres, ¡cómo se divierten! ¡Oh, aquel fraile! ¿Y aquel del capotón? ¡Je, je! – decía, riendo como para sí.

– Vaya, procura no manchar el corpiño, por lo menos, ¡que San Francisco te ayude! ¿Quieres queso? ¡Ah, la tentación os arrastra, hijos míos!, pero luego viene la Cuaresma. ¿Iréis, por lo menos, a confesaros?

Elias se estremeció. Desde hacía algunos segundos estaba quieto a la puerta, indeciso, como escuchando una voz lejana.

"¿Y si cenaras con Pietro y luego salieras con él? – le decía esta voz. – ¿Oyes a tu madre? ¿Irás a confesarte?"

Pero él no podía, no podía hacer caso a esta voz: la tentación le vencía, le oprimía; era mil veces más fuerte que él. Inútil combatirla, porque la tentación había ya vencido, y desde hacía mucho tiempo. Fue y se cambió, luego se sentó en el patio, en el lugar donde antes estaba su madre, y se apoderó de él un solo deseo: que Pietro se fuera; y un único miedo: que Pietro se quedara en casa. Pero Pietro, poco después que se hubieron marchado las amigas de Maddalena, salió al patio y dijo a su hermano: – ¿No vienes?

– No.

– Eres un estúpido. Yo voy a divertirme. ¿Me abrirás el portal?

Elias no contestó. Replegado en sí mismo, con los codos sobre las rodillas y la cabeza entre las manos, temblaba interiormente de dolor y de placer, y ya no se atrevía a mirar a su hermano. Pietro se fue.

– Ven a cenar – dijo tía Annedda dos veces, asomándose a la puerta.

– No tengo ganas, me encuentro mal – respondió Elias, y se quedó durante una hora inmóvil, siempre igual, ensimismado y con la cabeza entre las manos.

Dentro se oía a Maddalena que charlaba alegremente, como nunca la había oído, con la voz cambiada: contaba a tía Annedda lodo los detalles de la mascarada, y se reía, y debía de tener los ojos brillantes, la cara encendida, el alma borracha. Luego, las dos mujeres se retiraron, y todo fue silencio alrededor de Elias. El fuego seguía ardiendo en el hogar, y había una quietud pavorosa en el aire, en el patinillo tranquilo, en la noche velada.

Se levantó. Tenía la espalda rota, el corazón le latía, la sangre le corría a oleadas por el dorso, por la nuca, saltándole a la cabeza, oscureciéndole los pensamientos. En este estado de inconsciencia, subió sin hacer ruido la escalerilla y dio un levísimo golpe a la puerta de Maddalena. Ella debía de estar despierta, porque contestó en seguida: – ¿Quién es?

– Abre, – dijo él, con voz queda, – soy yo. He de decirte una cosa.

– Espera – contestó ella, sin inquietarse.

Y poco después abrió.

– ¿Qué quieres? Te encuentras muy mal, Elias, ¿qué tienes? – diciendo esto le miró y palideció.

Tal vez había abierto inocentemente; pero ahora, al verle tan blanco y con los ojos de loco, lo comprendió todo y se turbó. El entró y cerró la puerta, y ella, que hubiera podido gritar y salvarse, calló y no se movió.

VII

Pietro regresó muy tarde, borracho perdido. Elias le abrió el portal y luego se retiró, pero antes que amaneciera estaba ya de nuevo en el patio, y apenas si alboreaba cuando salió para la majada.

Era una aurora triste, cenicienta, pero no fría. El cielo estaba cubierto por una sola nube, caliginosa, inmóvil, que pesaba como una bóveda de piedra gris sobre los paisajes muertos. Elias iba a caballo solo, perdido en aquel silencio de muerte. No se oía una voz, no se movía una rama. Hasta los riachuelos, a lo largo del borde de los senderos, corrían verdes, fríos, silenciosos. Elias tenía en la cara el color de aquel cielo lívido, y los ojos, ojerosos, verdes, fríos y tristes como el agua de los riachuelos.

Le parecía que acababa de despertar de un sueño divino y monstruoso al mismo tiempo, y un monstruo de felicidad y de angustia le hurgaba el corazón. Pero la felicidad, si felicidad podía llamarse, no iba nunca separada de una sensación de angustia, mientras que en los momentos, y eran los más, en que el dolor del delito cometido vencía, nada servía para suavizarlo.

La parte buena y creyente del alma de Elias se despertaba de repente, en aquella aurora cuaresmal, triste y amenazadora, y se acongojaba y aterraba ante la realidad del hecho cumplido.

"No es verdad, ha sido un sueño – pensaba, estrechando la brida con los dedos entumecidos por el terror. – Un sueño. ¿Acaso no he soñado a orillas del Isalle y en la *tanca* muchas veces? ¡Pero no, no, no! ¿Qué estás diciendo, Elias Portolu? Miserable, estás loco; eres el más vil, el más abyecto de los hombres."

Pero mientras así se reprochaba, caía de nuevo en el recuerdo, y todos sus miembros se estremecían de placer y el rostro se le aclaraba. Luego, se sentía más inquieto que antes, y una ola de vergüenza y de remordimiento le penetraba por todas las venas, y de nuevo le asaltaba el terror y se apoderaban de él unos locos ímpetus de golpearse, de abofetearse, de morderse los puños como perro rabioso.

Entonces recomenzaban los improperios.

"Eres un vil, un miserable, un loco, Elias Portolu, carne de presidio. – ¿Qué podían esperar de ti tu madre, tu padre, tus hermanos? Has ensuciado tu casa, has traicionado a tu hermano, a tu madre, a ti mismo. Caín, Judas, vil, miserable, inmundicia. ¿Qué harás ahora, qué puedes hacer sino darte un golpe de hacha?"

Y volvía a caer en el recuerdo, y sentía que ahora ya amaba a Maddalena hasta la muerte y que en la primera ocasión volvería a caer. Y ante este pensamiento, los cabellos se le ponían de punta, de terror. Así hizo el camino. Al pasar el límite de la *tanca* levantó lentamente los ojos y miró como en sueños el paisaje que se extendía ante él, silencioso y verde, de un triste verde invernal: las rocas, la linde del bosque, grave e inmóvil sobre el cielo gris, todo le pareció cambiado, todo airado contra él.

"¿Qué he hecho? ¿Qué he hecho? ¿Cómo podré resistir la mirada de mi padre?"

Y, sin embargo, no solo la resistió, sino que tuvo que escuchar las palabras de tío Portolu, que le herían cruelmente.

– ¿Te has divertido, cordero? Se te ve en la cara. Tienes la cara del color de la levadura. Debes de haberte disfrazado, y has bailado, y no has dormido y te has divertido. Te lo leo en los ojos, hijito mío. Y tu padre estaba aquí, trabajando, aguzando el oído contra los malhechores, mientras tú te divertías. ¡Pero no vayas a creer que te tenga envidia! Es tu hora; la mía ya ha pasado y ahora estoy en cuaresma. Y tía Annedda, ¿qué hace? ¡Ah, me ha mandado tortas y buñuelos! ¡No se olvida de su viejo pastor! Y Maddalena, ¿qué hace? ¿Se divierte? Sí, dejémosla divertirse, la pequeña paloma. Es una santa, como tía Annedda. ¡Se parece a ella más que sus hijos!

"¡Si él supiera!" pensaba Elias, temblando.

Cada palabra de su padre iba directa a su corazón. Mientras tanto, le parecía que no se podía abandonar a sus pensamientos en presencia de tío Portolu, y apenas pudo fue en busca de soledad y, sin confesárselo, deseó encontrar a tío Martinu. Pero el viejo no estaba. Al atravesar la *tanca,* Elias encontró solamente a su hermano Mattia, que vagaba tranquilo y taciturno, armado de una larga pértiga. Nadie más. Bajo aquel gran cielo muerto, en la inmovilidad de todas las cosas, las *tancas* parecían todavía más desiertas e ilimitadas.

Elias volvía a pensar en la mascarada, en los rumores, en los colores de la multitud, en el baile con Maddalena, y el más pequeño recuerdo le nacía temblar. ¡Ay, todos aquellos que había visto eran felices, y solo él estaba condenado a vagar en la soledad, y la felicidad se cambiaba para él en tormento! Comenzó de nuevo a recelarse: ya que el primer paso estaba dado, ya que su alma estaba inexorablemente perdida, ¿por qué no seguía gozando?

"Soy un idiota – pensaba. – Maddalena no puede ya vivir sin mí, me lo ha dicho, y yo le he jurado que seré siempre suyo. ¿Por qué he de hacerla infeliz? No haremos otro mal en la tierra, viviremos siempre como marido y mujer, y Pietro no sufrirá nunca nada por nuestra culpa."

Y su rostro se aclaraba por el sueño de tanta felicidad; pero inmediatamente sentía todo el horror de su sueno, y hubiera querido revolcarse, remover las rocas, gritar al cielo su pecado, golpearse la cabeza contra las piedras, para olvidar, para quitarse del pensamiento los deseos y los recuerdos.

Al caer la tarde se apoderó de él una tristeza, una languidez invencible. Empezó a mirar el horizonte, hacia Nuoro, con el deseo de volver, de ver a Maddalena. Verla aunque solo fuera de lejos, y estrecharle siquiera la mano, o reposar al menos la cabeza en su regazo y llorar como un niño.

– ¡Yo me voy, yo me voy! – murmuraba, como la noche en que la fiebre le había derribado bajo un árbol. – Yo me voy, yo me voy.

Hubo un momento en el cual efectivamente echó a andar; pero apenas hubo dado el primer paso se dio cuenta de que le empujaba no solo el deseo de ver de lejos a Maddalena, sino el pecado mortal, el Demonio, el monstruo de la recaída.

"¿Adónde vas, Elias Portolu? ¿Es posible que no seas un hombre?"

Y no se fue, pero tuvo miedo de sí mismo y de su debilidad, y se le ocurrió la idea de arrojarse a los pies de su padre, de confesárselo todo y de implorar: "Áteme, padre, enciérreme entre dos rocas. No me deje partir, no me deje solo, ayúdeme contra el Demonio."

"¡Ay de mí, me mata si le digo eso! – pensó luego. – Y tendría razón de aplastarme con el pie, como a una rana."

Durante algunos días luchó así, pero al haberse vencido la primera noche, le fue menos terrible vencerse los días siguientes, y no regresó a Nuoro. Pero las fuerzas le abandonaban, una tristeza mortal no le concedía reposo ni de día ni de noche, y sentía que volviendo al pueblo y viendo a Maddalena ya no resistiría la tentación.

Entonces fue nuevamente en busca de tío Martinu, atravesó la *tanca,* saltó el muro y se adentró en el bosque. Era una noche de luna limpísima. El viento corría por lo alto de los árboles, provocando un temblor sonoro y continuo; pero dentro del bosque, bajo los alcornoques, no se movía una hoja. La luna pasaba entre las ramas, límpida, tranquila. En los fondos de plata, otros perfiles de bosques se dibujaban negros como montañas. Parecía la selva de los cuentos de hadas.

Elias caminaba, sus ojos agudos distinguían las alteraciones del terreno, los troncos en la sombra, la más pequeña mata. Desde lejos vio que la cabaña de tío Martinu estaba iluminada, y de repente, en la tristeza que le impelía, se sintió consolado.

¡Ah, por fin podría decir a alguien el horrible secreto que le aplastaba el corazón, y pedir ayuda y consejo!; pero cuando llegó a la cabaña y saludó a tío Martinu, cayó nuevamente en la desesperación. ¿Qué podía hacer por él aquel viejo? ¿Qué podía decirle? Lo hecho estaba hecho, y aunque se hundiera el mundo, no había remedio. Y lo que tenía que suceder sucedería igual, cualquiera que fuese el consejo del viejo.

Recordó cuántas veces tío Martinu le había dado buenos consejos; a él siempre le habían consolado, pero nunca había podido seguirlos. Pensando en eso se dejó caer sentado cerca del fuego, con tal visible expresión de dolor en la cara, que tío Martinu lo adivinó en seguida todo.

– ¿Dónde estaba? – dijo Elias. – Le he buscado muchas veces.

– ¿Por qué me has buscado, Elias Portolu?

– Hacía mucho tiempo que no le veía.

– Y ahora, ¿dónde vas, así, de noche?

– Vengo aquí, tío Martinu.

– ¿Has estado en el pueblo?

– No, desde el último día de carnaval.

– ¿Me has buscado después?

– Sí – dijo Elias, luego notó que tío Martinu lo adivinaba todo y enrojeció.

– Estás pálido, – dijo tío Martinu, mirándole a la cara, – llevas escrita la señal del pecado mortal. ¿Por qué me buscas, si ya no tienes necesidad de consejos?

Como otras veces, Elias levantó los ojos, abiertos de par en par, asustados y perdidos, hacia los ojos de jabalí del viejo, salvajes y, sin embargo, dulces a un mismo tiempo, y tío Martinu sintió que se conmovía su corazón de piedra. Le pareció que Elias Portolu, aquel muchacho hermoso y débil como una mujer, a la hora del temporal se refugiaba en él, como el corderito bajo el alcornoque.

"¿Por qué regañarle? – pensó. – Sufre, se ve, enrojece; golpearle es como golpear con la hacha contra una caña." sin embargo, le preguntó con voz ruda: – ¿Por qué has venido ahora, Elias Portolu? ¿Qué quieres que te diga? ¡Haber seguido mis primeros consejos!

– ¡Palabras, palabras! – prorrumpió Elias, con verdadera desesperación. – ¿Qué sabemos nosotros si, siguiendo yo sus primeros consejos, mi hermano no me hubiera matado? Sin embargo, no le hubiera ofendido como le he ofendido, y ahora no me tocará ni un cabello. ¡Así van las cosas del mundo, tío Martinu! Y es la suerte, es el Demonio que nos persigue.

– ¿Por que has venido, pues?

– Pues bien, sí, – prosiguió Elias, cada vez más desesperado e irritado, – sí, sí, he venido para pedirle un consejo más, y estoy seguro de que su consejo será bueno. Y he venido para pedirle ayuda, y estoy seguro de que usted, para impedirme volver a Nuoro hasta que haya cesado de atormentarme la tentación, sería capaz de atarme, de esconderme. Pero ¿qué sé yo si podré seguir su consejo, si mientras me ata no procuraré morderle las manos y huir, y marcharme a hacer aquello que quiere el Demonio?

– ¡El Demonio! ¡El Demonio! – dijo el viejo, encogiéndose de hombros con desprecio – ¡La tienes tomada con el Demonio!

Estoy harto de oírte hablar así. ¿Quién es el Demonio? El Demonio somos nosotros.

– ¿Usted no cree en el Demonio? ¿Y en Dios?

– Yo no creo en nada, Elias Portolu. Pero cuando he pedido un consejo, lo he seguido, y cuando he pedido una ayuda, he besado la mano que me la daba y no la he mordido. ¡Así te muerda la víbora, Elias Portolu!

Elias sonrió tristemente.

– Era una manera de decir, tío Martinu.

– Bien; entonces igualmente te digo que, ya que vienes a pedir consejos para no seguirlos y a pedirme que te ate para luego morderme la mano, podías ahorrarte el haber venido, Elias Portolu. Tú crees en el Demonio; pues bien: cógele por los cuernos y átalo, pero cuida de que no te muerda.

El viejo se burlaba de él, y más que de sus palabras era de su tono de donde emanaba aquel sarcasmo hiriente que solo los de Orune saben dar a sus palabras. Una angustia infantil se difundió por el rostro de Elias.

– Tío Martinu – dijo suplicante, ¿es esta toda su sabiduría? ¿Matar a un desesperado?

– ¡Ah, Elias Portolu, yo no soy un sabio, pero sé que cada uno encuentra la horma de su zapato!... Tú, que crees en Dios y en el Demonio, has venido a pedirme consejo a mí, que solo creo en la fuerza del hombre. Te has equivocado y me he equivocado también yo al darte consejos que no estaban de acuerdo con tu manera de ser. ¡He aquí hasta dónde llega mi sabiduría, Elias! ¡Ah, el asno es más sabio que yo! ¿Quién sabe, te diré además, si en lugar de ayudarte no te he hecho daño? Tú debes ir a buscar a un hombre de Dios y pedirle consejo. Pero todavía estás a tiempo. Eso es lo que te digo.

Elias sintió que el viejo tenía razón, y en seguida se acordó del padre Porcheddu y de la conversación que habían tenido una noche de luna como aquella en las alturas de San Francisco.

– Yo conozco a un hombre de Dios – dijo. – Una vez me dio buenos consejos y me hizo fuerte contra la tentación. Es un hombre alegre, que se divierte, pero tiene mucha conciencia. ¡Y listo! También él, como usted, tío Martinu, adivinó en seguida mi secreto, mientras no lo han adivinado nadie de aquellos con quienes vivo cada día. Yo iré a ver al padre Porcheddu.

– ¿Es de Nuoro?

– No, pero vive en Nuoro.

– Pues bien: ve, ve en seguida.

– Tengo miedo, tío Martinu.

– ¿De qué tienes miedo, pequeña liebre? – gritó el viejo.

– Tengo miedo de encontrarme a solas con Maddalena – contestó Elias, con los ojos extraviados.

– ¡Ah, Elias Portolu, me das risa! ¿Qué clase de animal eres tú? ¿Eres una liebre, un gato, una gallina, una lagartija?

– ¡Soy un hombre mortal!

– ¡Pues bien, – gritó tío Martinu – iré contigo, no te dejaré solo!... Te has vuelto ya pesado, y con tal de no verte más, si quieres, te llevo al infierno.

Esta promesa hizo sonreír a Elias y lo calmó. Veía finalmente una rendija de luz delante de él. Pensaba: "Sí, me confesaré, comulgaré, salvaré mi alma".

El dolor y la pasión no le abandonaban un solo instante, y el pensamiento de tener que renunciar para siempre a Maddalena, ahora que era suya, le proporcionaba una tristeza inefable. Pero el primer paso fuera del pecado estaba ya dado, y los otros parecían menos difíciles.

A la mañana siguiente, tío Martinu fue a buscarle, y ambos se dirigieron a pie hacia Nuoro. Durante el camino apenas si cambiaron veinte palabras. Por la noche Elias había hecho su examen de conciencia, y ahora, andando, repetía sus pecados y sus buenos propósitos; pero a medida que se acercaban al pueblo se sentía oprimido por una angustia mortal.

– Escuche, – dijo de repente – si quiere hacerme caso, tío Martinu, no vayamos a casa.

– ¡Ah, qué hombre es este! – exclamó el viejo, como hablando consigo mismo. – Va a confesarse por miedo de él mismo, no por temor de Dios, y nunca sabrá vencerse.

– ¡Pues bien, no, vayamos a casa! – dijo Elias, casi despechado.

Afortunadamente, Maddalena estaba fuera, pero él supo lo débil que era porque se entristeció al no verla y no se atrevió a preguntar dónde estaba. Luego, él y el viejo se fueron a casa del padre Porcheddu y esperaron su regreso del coro. Padre Porcheddu era chantre y no esperaba llegar a ser canónigo; a pesar de ello, vivía cómodamente, servido con amor por su vieja hermana Anna, en una casuca arreglada todavía al uso de su pueblo natal, con altas camas de madera con baldaquín y arcones de madera negra y sillas con el asiento de paja.

Del pueblo le mandaban grandes provisiones de vino, de nueces, de cebollas, alubias y frutas secas, y la vieja Anna sabía preparar toda clase de conservas, dulces de miel y de arrope, y el café más exquisito de Nuoro.

Cuando supo que aquel joven de mirada inquieta, que buscaba al padre Porcheddu, era hijo de tía Annedda Portolu, le hizo una buena acogida: ¡Ah, ella conocía a aquella santa viejecita, porque una vez le había curado una mano enferma sin querer ninguna recompensa!

– Para las almas, para las almitas del purgatorio – decía tía Annedda a sus enfermos.

Finalmente, padre Porcheddu regresó. Seguía siendo el mismo, colorado y alegre, y acogió a Elias con exclamaciones de alegría, pero mirándole fijo y maliciosamente.

"¡También él lo adivina!" pensó el joven, y se sintió palidecer de vergüenza y de angustia.

– He de hablarle... – murmuró.

– ¿Y esa vieja encina? – dijo el padre Porcheddu, dirigiéndose al tío Martinu. – Vamos, vamos arriba. Annesa, trae café, y algo más, si tienes.

– Ahora me voy – dijo tío Martinu. – Te esperaré en tu casa, Elias Portolu. Buenos días, señor cura. Le recomiendo a este joven.

Pero el padre Porcheddu no le dejó marcharse hasta que tía Annesa le hubo servido una copita de aguardiente, y luego otra más.

Después tío Martinu regresó a casa de los Portolu y esperó sentado cerca del hogar. Cuando Elias volvió, Maddalena estaba todavía fuera, y él se sintió contrariado por ello, pero no ya como una hora antes. No, ahora hubiera querido volverla a ver para demostrarse y demostrar también a tío Martinu lo fuerte que era ya: la hubiera mirado sin pasión ni deseo, con ojos puros y arrepentidos.

Y, en verdad, algo nuevo, una llama pura y valiente, brillaba ahora en su mirada; pero tenía la cara de una palidez mortal y las manos le temblaban. Tío Martinu le contempló durante mucho rato, en silencio, y luego le preguntó si tenían que marcharse en seguida. Elias venció el deseo de poner a prueba su fuerza volviendo a ver a Maddalena, y se marcharon.

– Me he confesado, – dijo al viejo apenas estuvieron solos – regresaré dentro de dos semanas para comulgar y porque padre Porcheddu debe darme una respuesta.

– ¿Qué respuesta?

– Me hago cura – dijo Elias bajando la voz. – ¡Ah, ya era hora! Ese es mi camino.

El viejo no contestó. Parecía que su alma estuviera de nuevo lejos del alma de Elias, y que nada ya le importara de lo que le pasaba al joven. Elias, sin embargo, no se resintió por ello. ¡También su alma estaba ya tan lejos del viejo y de todas las cosas del pasado!

Una especie de éxtasis le envolvía. Todas las angustias, las inquietudes, las vergüenzas, las indecisiones, habían cesado. Delante de él veía un camino blanco y llano, como la carretera que recorrían, y un fondo nítido, sereno, parecido al horizonte turquesa de aquella pura mañana.

– Padre Porcheddu se interesa por ello, hará los trámites necesarios, y dentro de dos o tres semanas estará todo dispuesto – decía con voz turbada, hablando más para sí mismo que para tío Martinu. – Y todo irá bien, ya verá. Harán falta gastos, pero mi padre tiene dinero y estará encantadísimo de ayudarme.

– Está bien, está bien; si ese es tu camino, síguelo de una vez – dijo tío Martinu.

Una vez en la majada se separaron, y Elias ni siquiera dio las gracias a aquel hombre que le había conducido a la salvación. Solo le dijo: – Déjese ver, tío Martinu.

El viejo no prometió nada y no se dejó ver, y un mes después, Elias lo divisó de lejos, pero le esquivó.

"¡Oh, oh! – pensó tío Martinu con una sonrisa extraña en sus ojillos de jabalí. – Si está a punto de hacerse hombre de Dios, ¡en verdad que empieza bien!"

¿Qué le sucedía a Elias? Había transcurrido un mes, la Cuaresma terminaba y el padre Porcheddu le esperaba todavía en vano. Durante los primeros días después de la confesión, el joven había vivido entre el cielo y la tierra: todo el pasado quedaba en el olvido, todo el porvenir se presentaba dulce. Se sentía renacer con la pureza y la dulzura con que a su alrededor renacía la Naturaleza en aquel inicio de la primavera: rezaba continuamente y esperaba con suave ansia que aquellas dos semanas transcurrieran. El rostro se le había aclarado, los ojos tenían una expresión y una transparencia infantil.

Pero quince días de espera eran demasiados. Padre Porcheddu no debía de conocer tan bien el corazón humano cómo decía si creía que la alegría de la confesión duraba dos semanas en un corazón reducido por las pasiones. El tiempo pasaba, arrojando un velo sobre la alegría de Elias. Llegó un día en la segunda semana, en que sintió que volvía a caer en la tristeza: era como la mano de un monstruo invisible que lo atenazaba por la nuca y lo empujaba hacia un abismo.

Al día siguiente. Elias pensó en volver al pueblo y arrojarse a los pies del padre Porcheddu; pero ¿y si antes veía a Maddalena? Un estremecimiento le sacudió al hacerse esta pregunta. ¡Ah!, era inútil, era inútil! Seguía queriendo a Maddalena y no podía olvidarla; en el momento en que creía haber vencido, haber sepultado su corazón, sus sentidos, el pasado, la pasión le aferraba más tenazmente y lo derribaba, como una hoja bajo la tempestad. Y la mano de aquel monstruo invisible que le oprimía la nuca seguía empujándole hacia el pecado. Su rostro volvió a palidecer y los ojos se le oscurecieron.

Un día, mientras estaba por casualidad cerca de la entrada de la *tanca,* pensativo y triste, vio una cosa extraordinaria. Aquella mañana, como de costumbre, Mattia había ido a Nuoro. Tenía que regresar hacia el mediodía, y ahora el tibio mediodía de marzo reinaba sobre la *tanca.* Era una dulce hora de sol y de sueños, no se oía una voz humana, no se veía un alma en la amplitud de la llanura. El viento tibio pasaba curvando la hierba caliente de sol.

Y he aquí que en lugar de Mattia, sobre la yegua dosalba seguida todavía por el potro ya crecido, Elias vio llegar a Maddalena. ¿Era una alucinación, un sueño de su mente enferma? Maddalena no había ido nunca sola a la majada. Elias la contempló pálido, descompuesto. Era ella, era ella, eran aquellos ojos ardientes que miraban fijamente los suyos, aunque de lejos, con fuerza magnética.

Ni siquiera por un instante tuvo el deseo ni la fuerza de marcharse: solo se dejó caer sentado en el muro. Y Maddalena llegó sin apresurarse; pero apenas pasada la entrada, descabalgó ágilmente y se acercó a Elias: temblaba toda y le miraba con loca pasión. ¡Ah, qué expresión y qué luz tenían sus ojos oscuros, ardientes, entornados, vistos de abajo arriba como los veía Elias! El no los había olvidado, y en aquel momento sintió que aquella mirada le daba una alegría de la cual un instante solo valía por una eternidad de la alegría experimentada la semana pasada.

– ¿Y Mattia? – preguntó.

– Se ha quedado en el pueblo, le he convencido para que me dejara venir. Pietro no está, tu madre ha bajado también al pegujal para coger aceitunas y regresará al oscurecer.

– ¡Maddalena, tú nos pierdes! ¿Por qué has venido?

Ella se inclinó hacia él, delirante.

– Y tú, ¿por qué no regresas? ¿Por qué no regresas, Elias? ¡Elias! ¡Elias! ¡Elias! – siguió gimiendo, cerca de su cara, abrazándole con delirio, – ¿no ves que me muero? Ya que tú no has venido, he venido yo.

Y le cubrió la cara de besos. El ya no vio nada y se levantó delirando, con el mismo delirio que ella. Y de nuevo se perdieron.

Durante toda la Cuaresma el padre Porcheddu esperó en vano a Elias. Preguntó por él, y supo que el joven iba con frecuencia al pueblo, y entonces comenzó a sospechar.

"¡Debe de haber caído otra vez! – pensó. – Menudo papelón voy a hacer con su Excelencia, ahora que las gestiones para que ese joven entrara en el seminario habían llegado a buen fin. ¡Cura!,

¡cura! ¡sí, sí, cura! ¡Lo que menos quiere hacerse es cura! Y, sin embargo, es preciso poner remedio, porque si no, puede suceder una tragedia en aquella casa." Entonces él mismo comenzó a buscar a Elias hasta que logró encontrarlo.

– Te he esperado – le dijo, mirándole fijamente a los ojos.

Pero los ojos de Elias, fríos y malvados, rehuyeron la mirada del hombre de Dios. Y su rostro estaba pálido, consumido por la pasión y por el pecado.

– No he podido.

- ¿Por qué no has podido?

– Lo he pensado mejor. Soy indigno de comulgar. Y mi decisión, por otra parte, no es todavía firme. ¡Hay tiempo, padre Porcheddu!

– ¿Que hay tiempo, Elias? ¿Qué dices, Elias? ¡Ay de quien espera a mañana! Tú has vuelto a caer en el pecado; el Demonio te arrastra.

– No, yo no estoy en pecado. ¿Qué cosas me cuenta? – dijo Elias con indiferencia.

Padre Porcheddu se sintió desfallecer. Hubiera preferido que Elias confesara su pecado, aunque se rebelara, aunque blasfemara; pero aquella frialdad, aquel disimulo, eran el colmo de la perdición.

– ¡Elias, Elias! – dijo con voz alterada. – Mira adonde vas, vuelve en ti... ¡Ay del que siembra en la carne, porque cosechará corrupción, y feliz quien siembra en el espíritu, porque cosechará vida eterna!...

Elias meneó la cabeza varias veces.

– Yo no entiendo esas cosas; solo las entienden los sacerdotes. Además, yo no estoy en pecado, yo no hago mal a nadie. Quíteselo de la cabeza, padre Porcheddu.

– Tú no entiendes estas cosas, Elias; pero puedes prever las consecuencias de tu pecado. Piensa, piensa, si un día se llega a saber. ¡Qué horror, qué tragedia! ¡Piensa en tu madre, en tu padre! Piensa que el pecado no puede estar durante mucho tiempo escondido, porque donde hay fuego hay humo.

– Yo no estoy en pecado – repetía Elias con obstinada frialdad. – No puede suceder nada cuando no hay nada.

Y de aquí no le sacaban. Padre Porcheddu lo dejó desesperado de salvarle. Sin embargo, Elias se quedó muy impresionado por este diálogo. ¡Su felicidad era tan horrible, amargada por el remordimiento, por el miedo, por el horror al pecado! Todas las cosas que el padre Porcheddu le había dicho él las pensaba y se las repetía continuamente, pero no podía o no procuraba vencerse. Después del placer, experimentaba todo el desgarramiento del dolor, del remordimiento y del asco, pero volvía a buscar su felicidad culpable para huir de este dolor, de este remordimiento. Además, en los momentos más tristes de su desesperación, comenzaba a sentir asco y desprecio por Maddalena.

"Es ella la tentación – dijo para sí, después del diálogo con el padre Porcheddu. – Ella es quien me ha perdido. ¿Por qué vino? ¿Por qué me ha tentado? ¿No piensa en Dios, en la vida eterna, esa mujer?

Luego se arrepentía de este desprecio, recordaba de qué manera Maddalena le quería y se sentía arrastrado hacia ella por una ternura todavía más profunda, por un amor todavía más ardiente. Pero las palabras del padre Porcheddu habían arrojado la buena semilla, el remordimiento y el dolor se hicieron más intensos en el corazón de Elias, y él comenzó de nuevo a pensar en que tenía que buscar la paz en otro lugar que no fuera cerca de Maddalena.

– Un día seremos viejos – le dijo una vez. – ¿Qué haremos entonces? ¿Nos perdonará Dios?

– ¡No hablemos de esas cosas! – dijo ella, despechada. – ¿Tal vez quieres hacerte cura, como decías en la fiesta de San Francisco? – y se echó a reír.

Él se sobresaltó y no contestó nada, pero su asco y su irritación contra Maddalena crecieron. Si ella le hubiera contestado a tono, demostrando esperanza en la misericordia del Señor, él se hubiera conmovido y la habría amado más; pero sus burlas y su despecho se la hicieron, por un momento, odiosa. Desde aquella noche empezaron a tener pequeñas disputas, ya por una cosa, ya por otra. Al separarse, Elias se arrepentía de sus palabras; pero al volver a ver a Maddalena recomenzaba.

– Escucha, Elias – dijo ella al fin: – tú estás irritado y me maltratas injustamente, y también yo, bajo el hierro candente de tus palabras, a veces no sé lo que me digo. Acabamos por no entendernos ya, aunque no podemos vivir el uno sin el otro. Es mejor que durante algún tiempo no nos veamos. ¿No te parece? Tanto más cuanto que tendremos que separarnos por un tiempo...

– No, mejor es vernos con más frecuencia, y disputar y acabar por odiarnos y separarnos para siempre.

– ¡Elias! – dijo ella palideciendo. – ¿Por qué hablas así? ¿Por qué hemos de odiarnos y separarnos para siempre?

– Porque estamos en pecado mortal.

Ella se puso mortalmente triste.

– ¿Y no lo sabías antes, Elias Portolu? ¡Ahora es demasiado tarde!

– ¿Por qué es demasiado tarde?

– Porque soy madre de un hijo tuyo...

También él cambió de color, y un torbellino de afectos diversos le invadió. Cubrió a Maddalena de besos, le dijo palabras locas, le pidió perdón, le prometió todo lo que ella quiso.

Se separaron decididos a no volverse a ver íntimamente hasta el nacimiento del niño, y Elias, perdidamente enamorado, sa sentía finalmente feliz, como no lo había sido desde hacía mucho tiempo.

VIII

Había llegado el otoño. El cielo se iba volviendo cada vez más fresco y profundo; el aire, transparente. Las grandes lluvias habían vuelto a la tierra y la atmósfera purísimas. También a Elias le pareció sumergirse en un lavatorio, también él se volvió de nuevo puro, los pensamientos se le aclararon y durante bastante tiempo pasó días felices.

Durante aquellos días serenos transcurría largas horas bajo un árbol, tumbado boca arriba, mirando el cielo azul a través de las ramas, escuchando la voz lejana del bosque, el rodar del torrente, las llamadas de los pájaros.

Y pensaba siempre en Maddalena, pero de manera distinta de como había pensado antes. Ahora la amaba castamente, como en los primeros días en que la había conocido, o mejor, como un esposo que piensa en su esposa, madre de su hijo. Y pensaba también en ese hijo.

"Será varón – decía para sí. – En cuanto sea grande vendrá aquí con nosotros, conmigo. Le tendré siempre conmigo y haré que me quiera mucho, mucho."

Y se sentía feliz, pero una sombra solía turbarle: "¿Y si Pietro quiere tenerlo con él? Creerá que es su hijo, se lo llevará, le convertirá en un campesino, hará que le quiera como un padre."

"¡No, no! – pensaba luego. – Yo le diré: «Déjame el niño, yo no me casaré nunca y le dejaré todo lo que tenga, le haré estudiar, le haré mío». Pietro cederá y mi hijo me querrá."

Poco a poco, la idea de este niño le invadió totalmente. Elaboraba ya locos proyectos y empezó a pensar más en él que en Maddalena.

Un día, Mattia llegó a todo correr, trayendo a la majada la alegre noticia.

– ¡Padre mío, hermano mío, Maddalena tendrá un hijo! Mi madre ha dicho la plegaria de Santa Ana y el niño será varón.

Y sonreía feliz: parecía él el padre. Y tío Portolu por poco llora de alegría y empezó a alabar a San Francisco, a Nuestra Señora de Valverde, a Nuestra Señora de los Remedios y a no sé cuántos santos más.

– ¡Ah, la paloma! ¿No lo decía yo que no nos podía hacer la ofensa de quedarse estéril? ¡Ah, el pequeño Portolu, el nuevo palomo! ¿Cuándo le veremos? – decía de cuando en cuando.

– ¡Eh! – dijo Mattia riendo. – ¡Usted quisiera que naciera en seguida y que ya estuviera aquí para guiar las ovejas!

Elias sentía que el corazón le palpitaba con fuerza, y pensaba, no sin dolor: "¡Si supieran!", pero en el fondo estaba alegre, y, extraña cosa, casi contento de haber dado aquella felicidad a los suyos. Y, como tío Portolu, no veía la hora de que el nino naciera.

Mientras tanto, los días pasaron, volvieron el frío, la niebla, la nieve. Llegó un invierno durísimo, y Elias, que era bastante friolero, recomenzó a encontrarse mal en la majada, igual que el año anterior, deseaba la dulzura del hogar, de una vida cerrada y cómoda. "¡Oh, qué dulzura! – pensaba – pasar largas veladas junto al fuego, cerca de Maddalena!" Pero ahora no la soñaba como el año pasado, con pasión vehemente, no; la veía junto a la cuna y oía una nana nostálgica que le recordaba las de su infancia. Así, sin que él supiera decirse por qué, el ritmo de su corazón disminuía de día en día. Una fuerza misteriosa, que ya no era ni remordimiento ni terror, ni asco, ni cansancio, ni miedo, trabajaba lentamente dentro de él. Desde lejos, en los fríos días de la majada, deseaba aún encontrarse junto a Maddalena; pero cuando volvía a verla no experimentaba ya la terrible felicidad del año pasado. Y pensaba: "Tal vez porque está en ese estado; pero, después de nacido el niño, volveré a amarla como antes".

Un día, sin embargo, tía Annedda dijo a Arrita Scada, en presencia de Elias: – Elias dice que nunca se casará; a Mattia no le quieren porque es simple. Será preciso, pues, que Maddalena nos dé muchos hijos, ¿no es verdad Arrita Scada? Si no, ¿quién poblará el hogar cuando estemos muertos?

Y Elias experimentó un disgusto intenso, una herida en el corazón, pensando que aquellos hijos podían ser suyos. ¡Oh, no, bastaba uno!

"¡Nunca, nunca!" gritó dentro de sí.

A principios de Cuaresma fue a ver al padre Porcheddu y se confesó. No demostraba ya el arrepentimiento, el dolor y el fervor del año pasado, pero decía que estaba firmemente decidido a no caer más en pecado mortal.

Parecía otro. Padre Porcheddu se dio cuenta de que el incendio de la pasión había disminuido, pero le miró durante largo rato, pensativo, y meneó varias veces la cabeza.

– Ahora te parece así, – dijo – pero verás, si no te salvas ahora, te perderás de nuevo. Aprovecha este momento de gracia.

– ¿Qué quiere decir, padre Porcheddu?

– ¿No te acuerdas de lo que querías hacer el año pasado? Yo hice las gestiones necesarias y parecía que todo tenía que salir bien...

– ¡Ah, ya sé lo que quiere decir! – murmuró Elias, bajándo los ojos como un niño. – ¡Pero ahora...!

– ¿Y qué con ahora?... ¿Qué quiere decir eso? ¿No has pensado más en ello?

– Sí, he pensado muchas veces; pero creo que ahora es demasiado tarde y que yo ya no soy digno...

– Nunca es tarde para la misericordia de Dios, Elias Portolu. Piénsalo bien si quieres salvarte.

Un recuerdo asaltó a Elias, que estaba pensativo, con la cabeza inclinada. Volvió a verse en la *tanca,* en un atardecer gris y silencioso, y volvió a ver la rígida figura de tío Martinu y oyó de nuevo sus palabras.

– Padre Porcheddu, – dijo – ¿y si después, cuando yo sea cura, la tentación siguiera atormentándome? ¿No sería peor?

– No, Elias Portolu, ahora ya te conozco. Tú vencerás a la tentación, o, mejor, la tentación no te molestará más. Porque para ti la tentación es esa mujer, y ella, al verte sacerdote, no te tentará más.

– ¡Quién sabe! – dijo Elias con tristeza.

– Además, se te podrá mandar a un pueblo lejos, y si quieres, no volverás a verla nunca más.

– Sí, después; ¡pero mientras tanto!...

– ¿Mientras tanto? No temas. Irás al Seminario y yo te haré estudiar; solo podrás ir a tu casa unas horas, de día, y, si quieres, no caerás nunca más en la tentación. Decídete, Elias Portolu; no pierdas tiempo. Piensa que hemos de morir, que nuestra vida es muy breve, que tenemos solo un alma y que debemos salvarla.

Diciendo estas palabras, el padre Porcheddu miraba fijamente a Elias, como si quisiera sugestionarle, y, en efecto, de repente, vio que palidecía y casi se desvanecía; pero pronto Elias levantó la cabeza y los ojos se le encendieron.

– Sea, – dijo conmovido – haga usted lo que le parezca. Me confío a usted, padre Porcheddu. En casa no diré nada hasta que todo esté decidido.

– Muy bien, ve. Te prometo que dentro de ocho días todo estará concluido. Mientras tanto, te aconsejo que frecuentes la iglesia. Ve, hijo mío, y ponte alegre. Verás como te parecerá renacer a otra vida.

Elias se fue, pero no pudo estar alegre. Le parecía soñar, ya no sentía la alegría infantil, sin motivo, que había experimentado el año anterior después de la confesión; por el contrario, ahora se entristecía y lágrimas amargas le ofuscaban los ojos. Sin embargo, estaba firmemente decidido, pero su tristeza provenía de su firme decisión. Ya no era un sueño; ahora era la realidad, y él, en el primer momento de su resolución, no podía separarse del pasado sin sentir que le sangraba el corazón. Era el adiós a todas las cosas que formaban su vida; era, por tanto, su vida misma la que se iba, con sus costumbres, sus alegrías, sus dolores, sus pasiones, sus errores, sus placeres.

Durante varios días vivió en la amargura de este adiós. Especialmente en la *tanca,* la tristeza le oprimía hasta volverle frío, insensible para cualquier otra cosa que no fuera su adiós a los lugares y a las cosas entre los cuales tanto había amado y sufrido.

“Ya no veré más esto, ya no haré más esto” pensaba, y un nudo le apretaba la garganta. Pero su decisión era firme, y cuanto más pasaban los días, más se acostumbraba a la idea de dejarlo todo y de empezar una nueva vida. Poco a poco, cuando hubo dicho secretamente adiós a las cosas más pequeñas, a cada árbol, a cada piedra, a las bestias y a los hombres, las ideas se le aclararon y empezó a ver en el porvenir.

Al regresar al pueblo se iba a la iglesia y permanecía en ella durante largas horas, y seguía con intensidad las funciones religiosas.

El sonido del órgano, el solemne lamento de los cantos litúrgicos, los ropajes de los sacerdotes, todo le encantaba, y pensando que un día también él cantaría aquellas plegarias que le daban una aflicción dulce, y que llevaría aquellos vestidos luminosos y santos, olvidaba todo el pasado y se sentía feliz. Pero al regresar a su casa volvía a turbarse, especialmente delante de Maddalena.

"¿Qué dirá cuando lo sepa?" pensaba continuamente. Le parecía que ya no la quería, tanto más cuanto que ella se había vuelto casi deforme y tenía la cara hinchada y amarilla. Pero se sentía atado a ella por un nudo indisoluble, y tenía miedo de romper este lazo.

"¿Qué pensará? ¿Qué dirá? ¿Se desesperará? ¡Ah, tal vez le haga daño, tal vez sea mejor esperar!" Y pensaba una vez más, y siempre con ternura, en el niño que tenía que venir, pero por este lado se sentía contento de su decisión. Su nuevo estado no le impediría amar al niño; al contrario, podría tenerlo consigo más que nunca, hacer de él un hombre de provecho y crearle un porvenir. Pero un día habló de ello con el padre Porcheddu y este meneó la cabeza: – No pienses en eso, – le dijo – porque haces mal. Ante todo, el niño está todavía en la mente del Señor, pero aunque nazca y crezca, tú debes mantenerlo alejado de ti, porque podría ser siempre un lazo peligroso entre tú y *ella*. El sacerdote no debe tener ni hijos, ni mujer, ni familia. No debe pensar en las riquezas y en las cosas terrenales. Es el esposo de la Iglesia y sus hijos son la pobreza, el deber y las buenas obras. Piénsalo bien, Elias Portolu. Si te sientes todavía atado a las cosas del mundo, no des el paso que debes dar. Solo debes pensar en salvar tu alma y en nada más.

– Usted quiere convertirme en un santo – decía Elias sonriendo.

Pero en el fondo sabía que padre Porcheddu tenía razón y se entristecía por tener que decir adiós a su pobre sueño de padre. Pero ni siquiera esto le apartaba ya de la decisión tomada.

Los ocho días pasaron. Las gestiones de padre Porcheddu habían llegado a buen puerto y el señor obispo se interesaba mucho por este joven pastor, que quería dedicarse a Dios por vocación, y lo admitía en seguida en el Seminario a media plaza gratuita. Por consejo del padre Porcheddu, Elias escribió al obispo una amable carta de gracias, y esto acabó de entusiasmar a su Excelencia.

– Su Excelencia quiere conocerte, Elias Portolu. Ahora solo falta dar la noticia a los tuyos.

– ¡Ah! – dijo Elias suspirando. – Tengo miedo...

– ¿De qué?

– De que la cosa haga daño a aquella mujer. ¡Si se pudiera esperar!

Padre Porcheddu meneó la cabeza.

– ¿Quieres esperar? ¿Estás todavía atado a las cosas de este mundo? ¡Ah, ah, esto me desagrada!

– Pues bien, – dijo Elias con firmeza – quiero demostrarle que ya no estoy atado a nada. Hoy mismo doy en casa la noticia.

– ¿Está en el pueblo tu padre?

– Sí.

– ¿Y tu hermano Pietro?

– También él.

– Bien, diles que se queden en casa después de comer. Yo iré y hablaremos todos juntos.

– ¡No sé cómo darle las gracias! – exclamó Elias con reconocimiento. – ¡Solo Dios puede pagarle!

– Bueno, bueno, de esto hablaremos precisamente con Dios otro día. Ahora, vete en paz.

Elias se fue, pero no pudo regresar a su casa hasta la hora de comer. Se sentía crecer el corazón y estrechársele la garganta. La realidad de su sueño se acercaba, le rodeaba ya, le acuciaba, le separaba violentamente del mundo, de la juventud, del placer, de la familia, de la vida vivida hasta entonces. Y él experimentaba por todo ello un dolor infinito, pero ni siquiera por un instarne se le ocurrió retroceder.

Regresó, comió distraído, con los ojos siempre dirigidos hacia la puerta, y de cuando en cuando, al oír ruido de pasos en la calleja, se sobresaltaba. Maddalena le observaba y no pudiendo contenerse le preguntó qué tenía y a quién esperaba.

– Una persona – contestó él. – Es más, os ruego a todos que no os marchéis, ya que esta persona tiene que hablar con vosotros.

– ¿También conmigo? – preguntó Maddalena. – ¿Quién es? ¿Quién es?

– Con todos. Ya veréis quién es.

Le asediaron a preguntas, pero él no contestó y salió al patio. La inquietud se apoderó de Maddalena, que no se preocupó de esconderla ni siquiera delante de Pietro, y empezó también a mirar hacia la puerta, escuchando si venía alguien por la calleja.

"¿Quién puede ser esta persona?" decía de cuando en cuando para sí. Desde hacía tiempo se había dado perfecta cuenta del cambio de Elias, y el temor de que se hubiese enamorado de otra mujer y pensara en casarse, la llenaba de celos y de sufrimiento.

"Quiere casarse, – pensaba aquel día – y la persona que espera debe de ser el casamentero que viene a pedirnos el permiso para pedir la novia. ¡Ah, tenía que llegar este día! Pero ¡tan pronto! Ni siquiera espera a su criatura. ¡Dios, Dios mío, ayudadme, dadme fuerzas. Vos que sois misericordioso! ¡No me hagáis morir, no me castiguéis antes de tiempo!"

Un grave sufrimiento se dibujó en su pálido rostro, y sus párpados, aquellos párpados que se bajaban con resignado dolor, se volvieron de color violeta.

Cuando Elias entró con el padre Porcheddu, le miró y tuvo miedo. También él palideció y sintió un frío de muerte correrle por la sangre.

Pero el padre Porcheddu canturreaba y miraba a todos, saludándolos con chistes y desmañadas reverencias, y quiso quedarse en la cocina, aunque tía Annedda, toda afanosa, insistiera en subir a la habitación de Maddalena.

– ¿Cómo andamos, tío Portolu?

– Con dos piernas, como las gallinas, padre Porcheddu mío.

– Y los hijos, y los hijos, ¿son buenos? ¿Siguen siendo palomos?

– ¡Ah, sí! – exclamó tío Portolu, abriendo sus ojillos rojos. – Como mis hijos hay pocos, gracias a San Francisco.

Elias se esforzaba por sonreír, pero el padre Porcheddu veía la angustia dibujada en su rostro, y, después de un poco de charla, miró a Maddalena, guiñó un ojo, y dijo: – Y dentro de poco tendremos otro palomo, ¿no es verdad? Vaya, vaya, San Francisco le quiere, tío Portolu. Todas las gracias de Dios están con usted. Y ahora escúcheme: ¿qué diría si su hijo Elias se hiciera cura?

Todos se quedaron pasmados, porque si el padre Porcheddu hablaba de esa manera significaba que la cosa estaba ya decidida. ¿Quién podía esperarlo? Maddalena levantó los ojos y un fugaz rubor le aclaró el rostro. Después de cuanto había temido, las palabras del padre Porcheddu le parecían una alegre noticia. Perdía a Elias, pero podía resignarse, porque ninguna otra mujer lo había tenido.

Y Elias se dio cuenta de su alegría. Entonces se calmó y observó la impresión que la pregunta del sacerdote producía en los suyos. Parecía que se trataba de una broma: Pietro sonreía; tía Annedda, sentada cerca del padre Porcheddu, con expresión atenta y los oídos alerta, sonreía; la salvaje cara de tío Portolu sonreía.

Elias se dio cuenta de que lo que había dicho el padre Porcheddu despertaba tanta alegría en su familia, que le parecía un sueño, y de repente, también él sintió un tal ímpetu de alegría, que se echó a reír como un niño.

IX

Han pasado dos años. La gente ha dejado de murmurar, de reír, de maravillarse al ver a Elias Portolu, el expastor, vestido de seminarista. Por otra parte, no parece en absoluto un joven de veintiséis años, y mucho menos un expastor. La clausura le ha vuelto blancas las manos, y su cara, y su rostro sin barba, de una palidez de perla, parece el de un adolescente.

En las grandes funciones religiosas, cuando llevaba el roquete con encajes anudado con una larga cinta azul, parecía un ángel melancólico, con una arruga de suprema, pero dulce tristeza en su boca de rosa pálida. Muchas chicas campesinas, y también alguna señorita, le miraban atrevidamente con mucho interés. Pero él no lo advertía; sus ojos verdosos se perdían en lejanas visiones. ¿Qué veía entonces, cuando el órgano gemía sonoro y los cantos litúrgicos se elevaban con un lamento nostálgico de bienes perdidos y con la invocación afligida de bienes ignotos? ¿Veía el pasado, la *tanca*, la soledad? ¿Recordaba su pasión? Sí, lo veía y recordaba todo, y se afligía por no poderse separar del pasado, como había creído y esperado, y lo que le ataba todavía al dolor y a la alegría de las pasiones humanas era la visión continua de aquella mujer joven arrodillada al fondo de la iglesia, entre el púrpura avasallador de la multitud campesina. Era Maddalena, hermosa y espléndida en su traje de novia. En sus brazos llevaba al niño cubierto con una mantilla de color escarlata orlada de seda azul, y el niño, cuando la madre le hacía bailar delante de su carita los amuletos de plata y de coral colgados de su cuello, levantaba sus manitas de rosa y sonreía entornando sus ojos verdosos y luminosos.

Elias veía continuamente a su criatura sonriente, y la amaba con ternura afligida, y amando al niño amaba a la madre, y sufría en su vana lucha contra sus amores terrenos.

Su inteligencia natural, mientras tanto, se iba educando. Dos años de estudio infatigable, de lecturas continuas, de buena voluntad, le habían colocado al nivel de los clérigos que estudiaban desde hacía muchos más años que él. Poco a poco se había acostumbrado a la vida de clausura, a la obediencia ciega, a la disciplina, cosas que al principio le habían ahogado. El pasado le parecía un sueño, pero un sueño al que estaba tenazmente atado.

Se sentía triste, sobre todo los días en que iba a su casa, donde tía Annedda le acogía con tierna reverencia. Rehuía cuidadosamente los ojos de Maddalena, y tenía miedo de tocar al niño, o, si le obligaban a acariciarle, lo hacía tímidamente. Pero se sobresaltaba al verle, y el deseo de cogerle en brazos, de besarle, de hacerle sonreír, de mirar sus primeros dientecillos, de estrecharle ambas manos, ambos pies, dentro de sus manos, le consumía.

"No, no, – se repetía – es preciso vencer."

También la presencia de Maddalena, aunque ella no le había hecho nunca ningún reproche, pero que solía mirarle con ternura dolorosa, le alteraba la sangre. Maddalena estaba más hermosa que nunca, toda atenta a su hijo, de cuya vida solamente parecía vivir. Y Elias no podía separar su imagen de la del niño.

Sentía que, si se hubiese quedado libre — puesto que ya se sentía atado a Dios, aunque no hubiese recibido todavía las primeras órdenes — hubiera vuelto a caer sin duda. Ahora conseguía vencer incluso el pensamiento, pero la lucha solía ser desgarradora y le dejaba medio muerto de angustia. En aquellos días se sentía, pues, bastante triste, y desesperaba de la vida y de sí mismo. Sin embargo, nunca tenía un momento de rebeldía o de arrepentimiento por la decisión tomada.

A veces le faltaban las fuerzas. Sueños consumidores, mientras dormía y mientras velaba, le asaltaban, peores que cualquier tentación. Casi cada noche soñaba con su pasado, con la *tanca*, con la majada, con la casuca, con Maddalena, y con frecuencia incluso con el niño, y siempre le parecía ser todavía pastor y libre; pero una opresión sombría y un recuerdo que no conseguía aferrar, pero bastante doloroso, hacían aquellos sueños parecidos a una pesadilla. Y, sin embargo, no era por estos sueños por lo que se angustiaba, sino por los sueños soñados con los ojos abiertos, por las visiones dulces y funestas que le encerraban en círculos insidiosos.

– ¡No!, ¡no!, ¡no! – repetía siempre, y arrojaba de sí los deseos vanos, las imágenes fatales, y se ponía a rezar y a estudiar. Pero casi siempre, aunque rechazara cien veces los tristes sueños, cien veces volvían.

Una noche estudiaba la *Epístola de San Pablo a los romanos.* Era una noche de abril, límpida, lunar. Por la ventana abierta entraba el aire lleno de dulzura, y se veía una vivísima estrella titilar en el cielo de cristal. Elias se sentía más triste que de costumbre. La vida le tentaba, le hablaba y le asaltaba con el soplo puro de aquella noche de abril. Volvían a su pensamiento recuerdos inefables, y en su sangre, con el renacer de la primavera, parecía que germinara algo nuevo e inquietante.

"No, no, no... – repetía para sí, meneando la cabeza como para arrojar de ella a los molestos pensamientos. – Es preciso olvidarse de todo: estudiar, ir adelante, Elias Portolu. Se apretó la cabeza entre las manos y se sumergió en la lectura. A su alrededor había un profundo silencio, y solo en la lejanía, pero muy lejano, como si viniera del campo remoto, ondulaba un melancólico canto nuorés. Elias leía, releía, meditaba, repetía de memoria los versículos: "...Que la caridad sea sin disimulo; aborreced el mal y ateneos firmemente al bien".

"...No seáis perezosos en el estudio; sed fervientes en el espíritu, siervos del Señor."

"...Alegres en la esperanza, pacientes en la aflicción, perseverantes en la oración."

"...Bendecid a los que os persiguen; bendecidlos y no los maldigáis."

"...No devolváis a nadie mal por mal; procurad cosas honestas en relación con todos los hombres."

"...Para Mí la venganza, Yo daré la retribución, dice el Señor." "...No seas vencido por el mal; al contrario, vence el mal por el bien."

¡Qué valiente y dulce era la voz del Apóstol! Era como el retumbar del trueno y como la voz pura de una fuente borbollante en la quietud nocturna, pero llegaba de demasiado lejos, de demasiado arriba, como el retumbar del trueno, como el murmullo de una fuente escuchados en sueños. Elias la escuchaba, y se sentía todo envuelto y refrescado por ella, como un oloroso sudario, pero, ¡ay!, era un sudario de velo vaporoso que el soplo de aquella blanda noche de abril bastaba para desgarrar.

El lejano canto sardo se hizo un poco menos lejano. Entre el coro melancólico se destacaba una voz armoniosa de tenor, en la que temblaba toda la voluptuosidad y la dulzura de aquella noche lunar. Elias levantó la cabeza, presa de un encanto inesperado. ¿Dónde había oído aquella voz? Un recuerdo casi físico le hizo estremecerse. Recordaba haber vivido otra noche como aquella, haber escuchado aquel canto, haber estado triste como ahora estaba. ¿Dónde? ¿Cuándo? ¿Cómo? Se levantó, se apoyó en la ventana, bajo el purísimo rayo de la luna en el cenit. La brisa traía lejanas fragancias: se estremeció, y recordó la noche en que había llorado de pasión a los pies de San Francisco.

La voz del Apóstol había callado; el velo había caído. ¿Qué era la eternidad, la muerte, la vanidad de las pasiones humanas, el bien, el mal, la perfección, la vida eterna, delante de la alegría huidiza de aquella noche de abril, de aquel soplo de brisa, de aquel canto de amor? Y Elias fue derrotado. La vida volvió a aferrarlo todo entero, y cayó arrodillado delante de la ventana, bajo la luna, y lloró como un niño atacado por un supremo delirio de desesperación.

Una insensata plegaria subía con su llanto.

– Señor, tú lo ves, yo soy débil y vil. Ten piedad de mí. Dios mío, perdóname, dame paz, arráncame el corazón del pecho. Yo soy un hombre, no me puedo vencer. ¿Por qué me has hecho tan débil. Señor? Siempre he sufrido en mi vida, y cuando, derrotado por mi débil naturaleza, he querido buscar la felicidad, he pecado, he pisoteado tus preceptos, he sido más pagano y malvado que los gentiles. ¡Pero he sufrido tanto. Dios mío, y sufro todavía tanto, que la medida está colmada! ¡Dios mío. Dios mío. Dios mío! – proseguía sollozando, con la cara descompuesta, inundada de lágrimas saladas, – ten misericordia de mí, perdóname, ayúdame, da paz a mi corazón..., dame un poco de bien..., un poco de dulzura! ¿No tengo derecho a ello. Dios mío? ¿No soy una criatura humana? Si he pecado, perdóname. Tú eres misericordioso. Sí.

Tú eres grande. Señor, perdóname, y dame un poco de bien, un poco de alegría...

Poco a poco, las lágrimas dejaron de correr, y aquel desahogo le hizo bien, le calmó. Pasado el exceso de la desesperación, se avergonzó de haber llorado, pero pensó: "Mi padre dice que son los cobardes los que lloran, y que un sardo no debe llorar, pero ¡hace tanto bien! ¡Si no, nos aplastamos, en ciertos momentos!".

Sintió también miedo y vergüenza de su plegaria, que era casi un desafío a Dios, y pidió perdón y se resignó. Pero a la mañana siguiente tuvo una impresión fortísima, de susto, de sorpresa, de dolor, y también de alegría, cuando fueron a decirle que Pietro, su hermano había vuelto del campo con una fuerte inflamación en los riñones y que su estado era más bien grave.

"Se morirá y podré casarme con Maddalena" pensó en seguida.

¿Había Dios escuchado su plegaria? ¡Ah, no! Retrocedió espantado por aquella blasfemia, ante la imagen de un Dios tan monstruoso como en aquel momento lo creaba su fantasía. No era posible.

"¡Qué vil soy ¡– pensaba marchando apresurado hacia su casa. – No; no me salvaré nunca más: yo estoy hecho de mal."

Y se angustiaba, más por sus malos pensamientos que por la enfermedad de Pietro. Y se arrepentía y se insultaba, y, sin embargo, al llegar a su casa y saber que su hermano había vuelto enfermo el día anterior, experimentó una especie de desilusión; tanto le halagaba, en el fondo, la extraña idea de que Dios hubiese escuchado su plegaria.

El estado de Pietro era verdaderamente grave. Gemía continuamente, con el rostro lívido y las facciones descompuestas por un intenso sufrimiento. Tres días antes había tenido que recorrer grandes distancias a pie para encontrar a un buey que se le había perdido.

El ansia, la fatiga, el calor, una predisposición al mal, le habían demolido. Tenía los pies hinchados y ensangrentados, las manos arañadas por las zarzas y las piedras.

Una grave consternación reinaba en casa de los Portolu: Maddalena lloraba sinceramente; tía Annedda había encendido dos lamparillas y dicho las *palabras verdes,* y las *palabras verdes* habían respondido que Pietro tenía que morir.

Siguieron días terribles para Elias. Iba a ver a su hermano, le miraba, recorría la habitación retorciéndose silenciosamente las manos, consternado por no poder hacer nada por la salvación de Pietro; nunca dirigía la mirada hacia Maddalena o el niño, y se marchaba desesperado. Y rezaba horas y horas fervorosamente para que el enfermo sanara. Pero con frecuencia, aun en el fervor de sus plegarias, se sobresaltaba y un hielo mortal le paralizaba la sangre. ¿Qué monstruo le atacaba? ¿Por qué, apenas se abandonaba un instante, aquel monstruo le susurraba palabras de alegría, le infundía deseos culpables, mostrándole continuamente la imagen del hermano muerto, sepultado?

"Es el Demonio, – pensó una tarde – pero no vencerá, ¡no; no vencerá nunca más! Pues bien: que Pietro se muera, si tiene que morir."

Sí, aunque esto sea horrible, Satanás, yo ahora deseo la muerte de mi hermano para demostrarte que no me vencerás. ¡Nunca más! ¡Nunca más! Soy más fuerte que tú, Satanás. Mi cuerpo es débil y tú puedes despedazarlo, pero mi alma no volverás a derrotarla." Aquella noche, Pietro murió. Elias le cerró los ojos, le hizo la señal de la cruz sobre la cara, y ayudó a tía Annedda a lavar y a vestir el cadáver.

Luego, veló toda la noche cerca de su hermano muerto. De cuando en cuando se levantaba, se inclinaba sobre su cara y lo miraba durante largo rato, con la loca esperanza de que no estuviera muerto, o que tuviera que moverse y resucitar de un momento a otro.

Pero el rostro barbudo y lívido, con los párpados cerrados, permanecía inmóvil, como una pavorosa máscara de bronce. Elias sentía, acaso por primera vez en su vida — ya que nunca había visto tan de cerca y durante tanto rato un cadáver — toda la inexorable grandeza de la muerte. Recordaba a Pietro vivo, riente. ¡Ah, había bastado un soplo para arrojarlo allí, inmóvil, mudo para siempre! ¡Para siempre! "¡Mañana, a estas horas, hasta este despojo habrá desaparecido del mundo!" pensaba, y no sabía convencerse de que todo terminase así, de que también él, sus padres y su hermano y Maddalena y el niño desaparecerían un día. Luego caía de rodillas a los pies de la cama, y su dolor se convertía en consuelo.

"Sí, todo termina – pensaba. – Y no sufriremos más. ¿Por qué afanarse tanto? Todo termina: solo el alma queda; salvémosla."

Y se sentía más fuerte que nunca contra la tentación y el mal. Luego volvía a recordar a su hermano vivo, su infancia, su juventud, la ofensa mortal que le había hecho, y se afligía, y los sollozos le oprimían la garganta.

"Ahora que está muerto, – se preguntaba – ¿sabrá cómo le he ofendido? ¿Me perdonará?"

Pero estas preguntas le conducían de nuevo a los recuerdos. Volvía a ver a Maddalena en aquella misma habitación donde ahora descansaba el muerto, e insidiosamente le vencía una inesperada dulzura al pensar que ahora podía amarla sin pecado, pero en seguida arrojaba de sí esta tentación, e inclinándose de nuevo sobre la cara del cadáver volvía a sumergirse en la visión de la muerte. Así pasó la noche.

Al amanecer se durmió un poco. Y soñó que Pietro, vivo, iba a la *tanca* (como siempre, le parecía que todavía era pastor). Pietro iba a caballo, y tenía el rostro lívido y los ojos cerrados igual que el cadáver.

– ¿Qué tienes? – le preguntó Elias con terror.

– El niño se ha muerto, vengo a decírtelo – contestó Pietro. – Vuelve al pueblo, porque eres tú quien debe enterrarlo.

Elias experimentó tanto temor y tanta angustia, que hizo un esfuerzo por despertarse, pero al despertarse se sintió todavía angustiado como en el sueño. Era ya de día. Oyó llorar al niño y pronto pensó con dolor: "¿Se morirá también él? ¿Habrá sido el sueño un aviso? Las desgracias nunca vienen solas, y yo creo en los sueños".

Ahora ya le parecía que todas las desgracias eran posibles, inevitables, próximas, y, vencido por una gran tristeza, fue a ver al niño.

El niño lloraba. Maddalena, ya vestida de viuda (y el traje negro la hacía más hermosa, tan joven y fresca como era), procuraba calmarlo hablándole en voz baja. Muchos parientes habían ya venido; la casa estaba toda sumergida en la oscuridad.

Elias se adelantó silenciosamente, casi furtivo, en la penumbra de la habitación.

– ¿Qué tienes? – preguntó, inclinándose sobre el niño. – ¿Por qué llora? – preguntó luego a Maddalena.

El niño le miró con sus grandes ojos lacrimosos y se quedó un momento callado, con su boquita abierta y temblorosa. Luego volvió a llorar. También Maddalena elevó sus ojos hacia los ojos de Elias, y también su boca se estremeció.

– Calla, calla, cariño, – dijo con voz temblorosa, meciendo al niño en sus brazos, – sé bueno; aquí está tío Elias que no quiere que llores...

Pero, de repente, también ella inclinó la cara contra la espalda del niño y se puso a llorar desconsoladamente.

– Y bien, Maddalena, ¿qué es esto? – dijo Elias fuera de sí. Luego se alejó, como empujado por una mano invisible. Aquella escena le alteraba la sangre, notaba que el llanto de Maddalena no solo era por la muerte del marido, y su mirada, siempre tierna y ardiente, le traspasaba el corazón.

"¡Ah, – pensaba sentado en un rincón, en el círculo de los parientes, – el padre Porcheddu tiene razón: el niño nos atará siempre, siempre. Es preciso que yo no lo vea, que no me acerque a él; si no, me pierdo otra vez, y esta vez más que nunca."

Y toda aquella gente, que entraba y salía diciendo cosas triviales, le aburría mortalmente. Deseaba ardientemente que todo estuviera terminado, hechos los funerales, pasados los tres días de pésame, para encontrarse solo con su dolor y sus tentaciones.

"¡Ay de mí! – pensaba. – Si la tentación es ya tan fuerte mientras el cadáver de mi hermano está todavía ahí, casi caliente aún, ¿qué será después? ¡No, no, no! – se proponía con rabia. – Venceré yo. Debo vencer y venceré."

Pero la lucha había empezado, y muy terrible. El primero, el segundo y el tercer día, con los funerales, los pésames, las ceremonias del luto sardo, pasaron como un mal sueño. Elias se encontró por fin en su celda. Sobre su camastro, cansado, abatido, solo. Recordaba la noche en que leía la Epístola de San Pablo, y el recuerdo de su desesperada plegaria le atormentaba como un remordimiento.

"¡Me han castigado bien duramente! – pensaba. – Sin embargo, ¿quién conoce los caminos del Señor? ¿Y si hubiese querido oírme? ¿Y si fuese esta mi vida? ¿Por qué no puedo tener también derecho a la felicidad terrestre? ¿No soy un hombre como los demás?"

Y el sueño insidioso le derrotaba. El aire primaveral, puro y fragante, penetraba en su celda, y desde la ventana se veía un cielo profundo, azul. ¿No era él un hombre como los demás? ¡Había pecado! Y bien, ¿qué hombre no peca? Y ¿quién por esto se condena a un castigo eterno?

"Eso, eso, yo dejo el Seminario. Hay la excusa de que mi hermano ha muerto, de que en casa ahora tienen necesidad de mí. La gente murmurará un poco, pero ¿de qué no murmura la gente? Dentro de un año nadie dirá ya nada, y entonces..."

¡Ah, qué dulzura! ¿Era posible tanta dulzura? Pero sí, ¡finalmente era posible!

"¿Por qué soy tan estúpido en dudar ni un solo instante?" se preguntaba, asombrado de sí mismo y de los vanos tormentos que se infligía. Y sentía el corazón lleno de alegría; pero, de repente, el corazón se le vaciaba, y Elias se precipitaba de nuevo en la desesperación.

"¡No!, ¡no!, ¡no! ¿Por qué deliro de ese modo? ¿Es así como vences a la tentación, Elias Portolu? ¿Son estas tus promesas? No, no, no. Ganaré yo. Retrocede, Satanás; ¡te derrotaré, te derroto!"

Y apretaba los puños como para una pelea verdadera. Y así pasaban las horas, los días, las noches y los meses.

Un día le anunciaron que dentro de poco le concederían las primeras órdenes. Elias no se alegró de ello ni se entristeció. Ahora ya le parecía haber adquirido experiencia y que no se engañaría más. Recordaba los primeros tiempos de su amor, cuando esperaba que el matrimonio de Pietro con Maddalena bastaría para curarle de su pasión. ¡Y en cambio!...

"No, no quiero engañarme – pensaba. – Seguiré siendo hombre y estando sujeto a las pasiones. No; la salvación no está en los obstáculos entre nosotros y el pecado, sino en nosotros y en nuestra voluntad."

Cuando fue a su casa para participar la noticia, encontró afortunadamente a toda la familia reunida. Estaban también Mattia (ahora los Portolu tenían un criado, ya que tío Berte y su hijo no podían hacer solos todos los trabajos de la majada y del campo) y el pariente Jacu Farre, que, después de la muerte de Pietro, frecuentaba mucho la casa.

Jacu Farre era un *printzipale*[19], poseía rebaños, tierras, caballos y colmenas, y era solterón. Había puesto un gran afecto en el huérfano de Pietro, y los Portolu lo trataban con zalamería con la esperanza de que dejara todos sus bienes al niño.

Elias lo encontró, pues, entre los suyos. Tenía al niño sentado en una rodilla y le decía: – Ahora vamos a caballo, vamos a la fiesta, ¿eh, Berteddu?

El niño se reía. Elias se sintió muy contrariado. Miró a Farre, que, a pesar de sus grasas, era un hombre guapo; miró al niño, miró a Maddalena y sintió celos, pero pronto se dominó y dió la noticia. Para los Portolu, y especialmente para tía Annedda, a la que el dolor sufrido por la muerte de Pietro había envejecido diez años, volviéndola sorda del todo, la buena noticia traída por Elias fue como un rayo de sol.

– ¡San Francisco sea alabado! – dijo tío Portolu. – Yo esperaba este día; si no hubiera tenido esta esperanza, me habría matado. ¡Ah!, sonreís. ¡Tú sonríe, Jacu Farre! ¡Ah, tú no sabes cómo es, el corazón de tío Portolu! – y suspiró varias veces.

Elias se ensombreció y pensó: "Mi padre habla en serio. Si yo me retirara, no me sobreviviría al dolor".

Solo Maddalena no pareció alegrarse por la noticia. Con sus grandes párpados bajados con mayor expresión de resignado dolor, no miró ni una sola vez a Elias; pero él no se engañó ni un momento sobre los sentimientos de Maddalena.

"Me sigue queriendo – pensaba al marcharse. – Jacu Farre le hace la corte inútilmente. Ella es mía, solamente mía. Querrá

---

19) Hacendado.

buscarme, lo hará todo por hablarme, para disuadirme, estoy seguro. ¿Qué haré yo?"

No lo sabía, como tampoco sabía cómo y cuándo Maddalena podría hablar con él; pero, mientras tanto, esperaba, y esta espera le preparaba para la lucha, o, al menos, le prevenía contra la debilidad de una sorpresa. Si le decían que alguien le buscaba, sentía que el corazón le latía y pensaba: "¡Es ella!", y luego, al ver que no era ella, respiraba y se entristecía al mismo tiempo. Si iba a su casa, temía encontrar a Maddalena sola, entraba receloso y luego se sentía contrariado al ver que Maddalena no estaba sola.

"¡Hay que terminar con esto! – se decía a sí mismo para excusarse. – Es preciso hablar y terminar de una vez."

Pero pasó bastante tiempo y Maddalena no lo molestó.

"Se ha resignado, ¡tanto mejor! ¿Quién sabe?, tal vez me ha engañado, tal vez ella piensa más en Jacu Farre que en mí" se decía, y le parecía que se alegraba de ello; pero, en el fondo, experimentaba un dolor extraño e infundado.

Una tarde de octubre, sin embargo, dos o tres días antes del fijado para la ceremonia de las órdenes, mientras estaba estudiando en su celda, fueron a decirle que le buscaban.

"¡Es ella!" pensó turbado.

No era ella, sino un muchachuelo de la vecindad enviado por ella. "Que padre Elias – le llamaban ya así – fuera en seguida a su casa porque tenían necesidad de él."

– ¿Es madre? – preguntó Elias.

– No lo sé.

– ¿Está tal vez enfermo el niño?

– No lo sé.

– Bueno, voy en seguida.

Y fue, con el corazón oprimido por un presentimiento. Maddalena, en efecto, estaba sola en casa, tía Annedda se había ido al campo y el niño dormía. La calleja estaba desierta y alrededor de la casuca reinaba la dulzura, la paz infinita de la velada tarde otoñal.

Apenas Maddalena vio a Elias, se turbó vivamente, y sintió que había preparado en vano un largo discurso, lleno de lógica persuasiva. Estaba ya muy lejos el tiempo en que había ido a la *tanca* y vencido a Elias con un beso. Ahora tenía respeto a los hábitos de su antiguo amante y tal vez también le daban corte, y tal vez ahora en ella hablaba con más fuerza el cálculo que la pasión. De todas maneras se turbó y se confundió. Hizo sentar a Elias, le sirvió, como siempre, el café, ya preparado para él, y luego le preguntó sin mirarle: – Así, pues, ¿el domingo es la ceremonia?

– ¿Y no lo sabías?

– Sí, lo sabía.

Silencio.

– ¿Por qué me has hecho venir? – le preguntó él, finalmente.

– ¿Por qué? – dijo ella como interrogándose a sí misma. – ¡Ah!, espera, el niño se despierta. Berteddu mío, estate quieto. Voy, voy. Mira, ha venido tío Elias.

Se levantó, fue, cogió al niño y lo trajo consigo. Elias tuvo miedo.

– Elias, – comenzó ella – tal vez te imaginas lo que quiero decirte. – Él meneó la cabeza. – ¿No te dice nada esta criatura inocente? Y tu conciencia, ¿no te dice nada? Interrógala, todavía estás a tiempo. Dios, que lo ve todo, ¿no estará más contento de que tú, en lugar de hacer lo que estás a punto de hacer, seas un padre para este niño inocente?

Calló, mirándolo y esperando su respuesta. Elias colocó su mano, que temblaba, sobre la cabecita del niño, y le acarició inconscientemente.

– ¿Qué quieres que te diga? Ahora ya es demasiado tarde, Maddalena – murmuró.

– No, no es tarde, no es tarde.

– Es tarde, te digo. El escándalo sería enorme, me llamarían loco.

– ¡Ah! – dijo ella con amargura. – Y por las habladurías del mundo, ¿tú no escuchas a tu conciencia?

– Mi conciencia me dice que siga el camino que estoy a punto de emprender, Maddalena – dijo él, seriamente, sin levantar los ojos y acariciando al pequeño Berte. – Dime: aun admitiendo que yo me despoje de este hábito y me case contigo, ¿podremos nunca decir que este niño es hijo mío?

– ¡Delante del mundo. Elias! ¡Delante del mundo, él no será nunca tu hijo; pero tú podrás portarte con él como si fuera hijo tuyo!

– Le querré igual, me preocuparé de él igual. En mi nuevo estado nadie me impedirá cumplir con mi deber con respecto a él.

– No, no, – dijo ella empezando a desesperarse e inclinando y moviendo la cabeza – no, no, no es lo mismo, no es lo mismo.

– Es lo mismo, te lo digo yo, Maddalena...

– Lo dices tú, pero no es lo mismo. ¡Y, además, – prorrumpió ella levantando con fiereza la cabeza – es por mí, Elias! ¡Por mí! ¿No piensas en mí?

– No puedo – murmuró él.

– ¿No puedes? Y ¿por qué no puedes, Elias? ¡Todavía estás a tiempo! ¿Es posible que no recuerdes nada?

– No puedo recordar. Y, además, te lo repito, es demasiado tarde.

– No es tarde, no es tarde... – repitió ella, retorciéndose las manos desesperada por no saber decir las palabras que había preparado.

Y estaba lo suficientemente avisada para no darse cuenta de que Elias estaba turbado, de que había cambiado de color, de que su mano temblaba sobre la cabeza del niño, de que bastaba un poco de audacia para derrotarlo. Y sentía deseos de levantarse, de rodearle el cuello con sus brazos y de hablarle como le había hablado en la *tanca;* pero una fuerza superior la mantenía quieta y casi le impedía mirarle. Se sentía tímida y azarada, como una niña en su primer coloquio de amor. Y el diálogo continuó míseramente, y míseramente terminó.

Maddalena repitió de cien maneras las cosas que ya había dicho: recordó a Elias el pasado, le dijo que le seguía queriendo, que viviría y moriría pensando en él; pero ahora ya no tenía el acento hiriente de la pasión, y todas sus palabras y sus razones no valían la mirada con que había derrotado a Elias en la *tanca*. Y él se dio cuenta de todo ello y pudo ganar.

Se separaron sin ni siquiera haberse rozado la mano; pero, cuando Elias estuvo solo, pensó que su victoria había sido bien fácil y miserable.

"Si me hubiera tentado, tal vez habría vuelto a caer – pensaba. – Porque ella se ha quedado fría, yo también me he quedado frío. Pero tal vez, ahora que ya ha empezado, volverá al asalto, porque me ama, y me tienta no solo para dar un padre al niño, sino para volver a tener mi amor."

Y se sentía triste, turbado, débil; y, sin embargo, no desesperaba de la gracia de Dios, y, con la voluptuosidad amarga con que los fanáticos se golpean el cuerpo, deseaba que Maddalena le persiguiera y le tentara, fuertemente, para experimentar y exasperar su fuerza de resistencia.

X

Pero ella no le tentó más. Elias recibió las primeras órdenes, siguió estudiando y en breve fue consagrado sacerdote y pudo decir la primera misa. En su casa hicieron fiesta como para una boda. Parientes y amigos le trajeron regalos, como si fuera un novio; se degollaron ovejas y corderos, se celebró un banquete y se cantó improvisando versos para el joven sacerdote. Tío Portolu estrenaba vestido, tenía los cabellos untados y llevaba las trenzas rehechas, y escuchaba la competición de los poetas improvisadores teniendo sobre las rodillas al pequeño Berte, que reclinaba melancólicamente la cabecita sobre su pecho.

– ¿Qué tienes, corderito mío? – preguntó tía Annedda, inclinándose hacia el pequeño. – ¿Tienes sueño?

El niño meneó la cabeza. Sus ojos glaucos estaban tristes. Tía Annedda cogió con dos dedos un dulce de pasta y de miel en forma de pajarito, e inclinándose de nuevo hacia su nietecillo, se la dio.

– Toma, mira, un pajarito. No te duermas, ¿sabes?

El niño cogió el dulce de mala gana, sin levantar la cabeza del pecho del abuelo, y acercó los labios al pico del pajarito, pero no se lo comió.

– ¿Tienes sueño? – preguntó tío Portolu mirándole. – ¿No has dormido esta noche, pajarito mío? Vamos, despabílate, escucha qué canciones tan bonitas. Cuando seas grande, también tú cantarás así. Te llevaré a caballo a la *tanca* y cantaremos juntos.

Pero el pequeño, que siempre se entusiasmaba ante la idea de ir a la *tanca,* no se despabiló. A la hora de la comida no quiso comer, y no se separó del abuelo, sobre cuyo pecho seguía teniendo apoyada la cabeza.

– Me parece que tu hijo está enfermo – gritó Farre a Maddalena.

El padre Elias se sobresaltó, miró al niño e inmediatamente recordó el sueño que había tenido la noche en que velaba el cadáver de Pietro. Maddalena acarició al niño, le interrogó, le tomó en brazos y le llevó a la cama donde un tiempo dormía Elias.

– Tiene sueño y ahora duerme – dijo, entrando de nuevo.

Pero el padre Elias no se tranquilizó. Hubiera querido levantarse, ir junto al niño, examinarlo, y, en cambio, no pudo moverse y tuvo que ocultar su inquietud.

Escuchaba a los cantores, sonreía levemente ante ciertos versos bien logrados; pero no hablaba, no reía. Veía a Farre, a aquel rico y gordo pariente que hablaba, jadeando, ir y venir por la casa, dando órdenes, entremetiéndose en todo como si fuera el dueño, hablando con frecuencia con Maddalena, y sentía celos, y dándose cuenta de estos celos, se irritaba consigo mismo, pero callaba.

Después de comer, entró casi furtivamente a ver al niño, se inclinó y lo contempló durante largo rato, y al verle dormir suavemente, con la boquita entreabierta, con el pajarito de dulce entre sus manitas, experimentó un ímpetu de ternura y le besó religiosamente. Al levantarse recordó el día y la noche de las bodas de Maddalena, y la enfermedad y el dolor que él había sufrido en aquella cama.

"¡Las cosas del mundo! – pensó. – ¿Quién hubiera nunca creído que tendrían que suceder estas cosas?"

Al volver a entrar en la cocina, oyó a Farre que hablaba del niño con Maddalena, que estaba preparando el café.

– Tú no te preocupes de él – le decía. – ¿No ves que no está bien? ¿Es una cara de niño sano aquella? No. Yo haré venir al médico, y verás cómo tengo razón.

"Y ¿qué le importa a él? – se dijo Elias con amargura y con celos. – Me toca a mí preocuparme del niño, no a él."

Salió al patio, donde los poetas recomenzaban a cantar, y se sentó junto a su padre, y parecía escuchar la improvisada contienda; pero seguía pensando en Farre, en Maddalena, en el niño, y se entristecía y se irritaba, y se daba cuenta de un nuevo deseo: que Maddalena permaneciera viuda. No había pensado que, si ella volvía a casarse, ya no tendría ninguna autoridad sobre el niño.

"Se casará con Farre, – pensaba – y yo ya no podré querer a mi hijo. Serán contados los besos y las caricias que podré hacerle."

Y su pensamiento se perdía en el porvenir, en cosas completamente extrañas al ministerio en que aquel día había entrado.

Terminada la fiesta, de regreso al Seminario, se dio cuenta de todos los vanos pensamientos, de los celos, de las tristezas experimentadas durante la jornada, y un fuerte descontento de sí mismo se apoderó de él.

"Es inútil, es inútil – pensaba, dando vueltas y más vueltas en la cama. – La carne está pegada al hueso, y yo no me separaré nunca de las cosas del mundo. Seré un mal sacerdote, como he sido un mal seglar, porque no soy un buen cristiano. Eso es todo."

Mientras tanto, sucedió lo que había previsto. Farre pidió la mano de Maddalena, y en seguida empezó a ocuparse del niño como de algo suyo. Hizo venir al médico y, habiendo este declarado que el niño estaba anémico, compró las medicinas y todo lo que hacía falta para la salud del pequeño Berte. El padre Elias veía y callaba, pero dentro de sí le corroían los celos. Muchas veces, cuando estaba solo, y también estando en la iglesia, se sorprendía pensando en aquel gordo corpachón de hombre sano y colorado, de hablar lento, de palabra jadeante, y sentía que le odiaba.

Un día, Farre le invitó a su majada.

– Irá también tío Portolu, – dijo – y nos llevaremos al niño, que le irá bien, y nos distraeremos.

Al principio Elias estuvo a punto de rechazar la invitación impetuosamente, pero luego se dominó y aceptó.

Pero sufrió mucho durante aquella excursión. Farre llevaba al niño en su caballo, delante de la silla, y Berteddu apoyaba su cabecita en su pecho, y le dirigía cien preguntas si veía a un cuervo volar graznando, a un gorrión elevarse de una breña, un matojo lleno de bayas escarlata, o una encina verdeante de bellotas. Farre se lo explicaba todo con paciencia, y de vez en vez le daba un beso.

– Ves, aquel es un peral silvestre. Mira, mira, tiene más frutos que hojas. Te gustan, ¿eh?, las peras silvestres, pequeño cerdito, ¿eh, eh? Y aquellas cosas grises, largas que parecen candelabros, ¿sabes qué son? Son tallos de *canna gùrpina*[20], buenos para hacer canutos de pipa. Los pastores se hacen las pipas así. Los pastores

_____

20) Cardencha.

no son como los señores, ¿sabes?, que van al tenderete y compran las cosas hechas. Los pastores se *arreglan*. Y tú serás pastor, ¿eh?

— Yo seré pastor, sí, – dijo el niño indolentemente – y me haré pipas con aquellas cañas.

— ¡No, no! Lo oye, abuelo Portolu, el niño quiere ser pastor. ¿No es verdad que, en cambio, le haremos doctor?

Eran tonterías, y, sin embargo, Elias, que cabalgaba junto a Farre, sufría infantilmente. ¿Qué tenía que ver aquel hombre extraño en el porvenir de su hijo? No, no, nunca permitiría que se mezclara en la vida y en el destino de su hijo. Pero también esto era un sueño. La realidad le daba alcance ya con las palabras de tío Portolu, el cual decía al pequeño Berte: — ¿Quieres ser pastor, pichoncito? Y ¿por qué quieres ser pastor? ¿No sabes que los pastores suelen dormir a la intemperie y pasan frío? ¿Ves a tío Elias? Se ha hecho cura, porque si hubiera seguido siendo pastor, se hubiese muerto de frío. No, te haremos doctor, no pastor. ¡No vas a mandar tú! Ahí está tío Farre, que te hará andar derecho, y si eres malo, tío Farre no bromeará.

— Y ¿qué es aquello? – preguntó Berteddu, señalando un árbol, sin escuchar las palabras del abuelo.

Pero Elias sí había escuchado aquellas enérgicas palabras, que le habían herido el alma.

Desde aquel día, sus celos crecieron morbosamente. En vano procuraba dominarse, en vano pensaba: "Jacu Farre tendrá otros hijos, y entonces olvidará, y tal vez aborrezca al mío. Entonces Berte será todo mío. Me lo llevaré a casa, le haré ir por el buen camino y le haré feliz".

No. No. Todo eran sueños. El presente le apremiaba, la realidad era dura. Elias sufría, y era un dolor distinto a todos los demás hasta entonces experimentados, pero no menos profundo. Volvía a desesperarse y a repetir la acostumbrada queja: "No encontraré nunca paz, estoy condenado. Cualquier cosa que haga es un error. Y tal vez me equivoqué al no escuchar a Maddalena, tal vez Dios quería que reparara mi pecado, en lugar de dedicarme indignamente a Él. ¡Ah, el padre Porcheddu tenía razón!: el pecado es una piedra que nunca nos quitaremos de encima, y yo estoy condenado al peso eterno del dolor, porque he pecado gravemente."

Así sus días seguían transcurriendo melancólicos y atormentados. ¡Ah, no era esta la vida quieta y santa que él había soñado! Mientras tanto, esperaban que de un día a otro quedara vacante alguna parroquia de un poblado vecino para mandarle allí, y él lo sabía, y sufría ya pensando en su alejamiento. Una vez lejos, Farre se casaría con Maddalena y se apoderaría totalmente del niño. ¡Estaba acabado, estaba todo acabado! Pero no, no, no estaba todo acabado. No, sabía que desde lejos pensaría continuamente en su hijo, corroyéndose de ternura, de deseos, de celos, y que tal vez iba a empezar una nueva vida de pasión y de dolor bien distinta de aquella que era su deber llevar.

Cada día iba a su casa y trataba insólitamente de atraerse al niño, llevándole dulces, jugando y mimándolo. Se daba cuenta de que esta era una debilidad, mejor dicho, una pequeñez, ya que si obraba así no era empujado por su amor paterno, sino por la necesidad de impedir que Berte tomara afecto a Farre, pero no podía remediarlo.

Sin embargo, veía con dolor que Berte solía quedarse indiferente, indolente y taciturno. Casi nunca comía los dulces, se cansaba pronto de los juguetes y de los juegos, y se enfadaba en seguida por la más pequeña cosa. Por otra parte, era así con todos, y Elias se daba cuenta de que el niño estaba enfermo, y se desazonaba al verle así y no poderle sanar.

Llamó a un médico, no a aquel consultado por Farre, y experimentó una triste satisfacción cuando el nuevo doctor declaró que el niño tenía un mal latente, que no era anemia, y ordenó una medicina distinta.

– ¿Lo ves? – dijo Elias a Maddalena, con una maliciosa expresión de triunfo en los ojos.

– ¡Lo veo! – contestó ella con tristeza, preocupada solamente por el estado del niño.

El nuevo médico y el nuevo medicamento no impidieron, sin embargo, que la inflamación latente en las delicadas vísceras del niño se manifestara pronto. Un día, el padre Elias encontró a Berte acostado en su cama de la habitación de la planta baja. El niño tenía mucha fiebre y deliraba, con sus ojazos extraviados y la cara ardiente. Maddalena le velaba, consternada y desesperada, y tía Annedda había ya recurrido a sus medicamentos, tan santos como se quiera, pero perfectamente inútiles.

Tía Annedda tenía una reliquia especial para curar la fiebre. La pasó por el cuerpo ardiente del niño y recitó con fervor diversas plegarias: a Dios, al Espíritu Santo, a Nuestra Señora de la Misericordia, a Nuestra Señora de los Remedios, a la Virgen de Valverde, a Santa María del Monte, a Santa María del Milagro, a las Almas Benditas, a San Basilio, a Santa Lucía, a la Santa Sangre, a los Santos Inocentes, pero la fiebre no hizo otra cosa sino aumentar.

Entonces llamaron al primer médico, este declaró que el estado del niño era gravísimo, pero no desesperado, siempre y cuando no se declarara el tifus. Elias escuchaba, pálido, en pie, cerca del ventanuco. Entonces vio venir a Farre por la calleja y apretó instintivamente los puños.

"Ya viene, ¡helo aquí! – pensó. – Viene para aumentar mi dolor. Tal vez el niño se muere, y yo no puedo acercarme a su pequeña cama, no puedo hacerle las últimas caricias, prestarle los últimos cuidados, mientras que todo eso le será permitido a él. ¡Ya viene, ya viene! Pues bien: yo me voy; si no, si entra aquí y se acerca al niño, a mi hijo que se muere, no respondo de mis actos."

En efecto, se fue con el médico. En el patio se encontraron con Farre, que se mostró contristado y se informó del estado del niño.

– El niño está mal. ¡Deja en paz a él y a su madre! – contestó Elias rudamente.

Farre lo miró un poco asombrado, pero no contestó.

El médico invitó a Elias a dar un paseo por la carretera. El joven cura le siguió gustoso; pero mientras el otro hablaba, él miraba a lo lejos, hacia el fondo del valle, con los ojos perdidos en un sueño doloroso. Veía a Farre sentado cerca de la cama del niño, y a Maddalena, triste y pálida, que se inclinaba sobre el enfermito para observar su creciente sufrimiento. Su gordo prometido la consolaba, luego extendía la mano para acariciar al pequeño y le hablaba amorosamente.

El médico, mientras tanto, hablaba de una muchacha gorda y sonrosada que habían encontrado cerca de la fuente.

– Dicen que esa muchacha es la amante de un tal. ¡Qué caderas! Pero no está bien hecha. Pero ¿será verdad que es su amante? ¿Ha oído hablar de eso, padre Elias?

Elias le miró con rabia. ¿Cómo podía dirigirle el médico estas preguntas cuando su niño se moría y Farre lo atendía como un padre?

– ¡De qué me habla! – exclamó. – ¿Por qué me hace esas preguntas?

– ¿No son preguntas que se puedan hacer a los hombres del mundo? ¿No es usted también un hombre del mundo?

¡Ah, sí!, ¡también él era un hombre del mundo! Por desgracia era todavía un hombre del mundo, y como tal se sentía mordido por el dolor, por el despecho, por los celos.

Al caer la tarde volvió a ver a Maddalena, y la encontró desesperada, porque el estado del niño era cada vez más grave. Maddalena estaba en la cocina, preparando algo junto al hogar.

– Madre, ¿está allí? – preguntó Elias, yendo hacia la habitación donde yacía el niño.

– Sí.

Elias hubiera querido preguntar si también estaba Farre, pero no podía. Sentía que él estaba allí, sentado cerca de su pobre cama.

Veía distintamente su opulenta figura, sentía su respiración jadeante, y experimentaba una angustia casi enfermiza. Y, sin embargo, cuando abrió la puerta y vio a Farre inclinado al lado de la cama, con su corpachón un poco inclinado hacia adelante, silencioso, jadeante, se sobresaltó como asustado por una inesperada aparición.

"El niño se muere, ¡y él está ahí, y no me deja acercarme, y no me deja verlo ni acariciarlo!" pensó amargamente.

En efecto, se acercó apenas a los pies de la cama y miró casi con timidez al enfermito.

– ¡Está mal, está mal – dijo Farre, con dolor, como hablando consigo mismo.

Elias se detuvo un momento, luego se fue sin haber dicho una palabra. Pasó una noche terrible, y a la mañana siguiente estaba de nuevo allí. Mientras cruzaba la calleja, se ilusionaba con la idea de encontrar al niño mejorado, y su rostro se iluminaba de esperanza. Entró, atravesó con paso ágil el patio, la cocina; abrió la puerta, y pronto palideció: Farre estaba de nuevo allí, sentado cerca de la pequeña cama del niño, con su corpachón inclinado hacia adelante, silencioso; jadeante.

Maddalena lloraba. En cuanto vio a Elias, salió a su encuentro, enjugándose las lágrimas con el delantal y, sollozando, le dijo que el niño se moría. Elias la miró de arriba abajo, lívido, sombrío: no dio un paso, no habló, y poco después salió. Tía Annedda le siguió a la cocina, luego al patio, y le preguntó, dudando: – Elias, hijo mío, ¿qué tienes? ¿Estás tú también enfermo?

Elias se detuvo cerca del portal, se volvió, y a sus labios acudieron palabras amargas contra Farre y contra Maddalena, que permitía a su prometido que estuviera siempre allí, cerca del pequeño enfermo; pero vio la cara de su madre tan pálida, tan angustiada, que murmuró: – No, no me encuentro mal – y se fue.

"¿Qué ha dicho? No lo he oído – dijo para sí tía Annedda. – ¿También él está enfermo? ¿Qué tiene? ¡Ayúdanos tú, San Francisco mío!"

Desde aquel momento empezó para Elias una verdadera obsesión. Apenas estaba libre, iba invariablemente, casi sin darse cuenta, a su casa. Incluso antes de llegar a la calleja sentía que Farre estaba allí, en su sitio. Sin embargo, se obstinaba en esperar lo contrario, y entraba. Y la odiosa figura estaba allí, siempre allí.

Poco a poco se apoderó de él una especie de delirio. Iba con el deseo de inclinarse sobre el niño, de besarle, de cuidarle con sus manos, de decirle palabras afectuosas: le parecía que la fuerza de su amor bastaría para sanarlo, y, en cambio, iba, y bastaba que viera a Farre para sentirse paralizado; ni siquiera se atrevía a poner la mano sobre la frente del pequeño moribundo, mientras dentro de sí gritaba de dolor y de rabia.

Al atardecer del séptimo día de la enfermedad de Berte, tía Annedda salió a su encuentro llorando.

– No pasará de la noche – murmuró.

– Madre, ¿está Farre todavía ahí?

– No está.

Salió corriendo hacia la habitación, apartó a Maddalena, que lloraba silenciosamente cerca de la cama, y se inclinó ansioso sobre el niño. Y el niño se moría. Su pequeño rostro, antes gracioso y lleno, estaba lívido, descarnado, marcado por un sufrimiento desgarrador. Parecía el rostro de un viejecito moribundo.

Elias no se atrevió a tocarlo ni a besarlo, lleno de un improviso estupor. Igual que delante del cadáver de su hermano Pietro, tuvo la visión de la muerte, y se dio cuenta de que hasta aquel momento le había parecido imposible que Berte se muriera. En cambio, se moría. ¿Por qué se moría? ¿Cómo moría? ¿Qué era la muerte? ¿El fin de todo, de toda pasión? Entonces, ¿por qué odiaba a Farre? ¿Por qué sufría?

"Hijo mío, hijito mío, – gimió para sí – tú te mueres y yo no te he amado; yo, en lugar de amarte, de cuidarte, de arrebatarte a la muerte, me he perdido en un vano rencor, en unos vanos celos... Y ahora todo se termina, ya no hay tiempo, no hay tiempo de nada..."

Le asaltó un impetuoso deseo de tomar en brazos al niño, de llevárselo, de salvarle. ¿Salvarle? ¿Cómo? No sabía cómo, pero le parecía que bastaba tender los brazos, inclinar su cuerpo sobre el cuerpecito del niño para mantener alejada a la muerte. En aquel momento entró Farre y se acercó lentamente a la cama. Elias oyó su paso grave, su respiración jadeante, e instintivamente se alejó.

Farre ocupó su puesto, y una vez más Elias sintió que entre él y el alma de su hijo se alzaba un obstáculo insuperable. Se fue al fondo de la habitación, junto al ventanuco, y sus ojos relampaguearon con un hosco resplandor verde. Pensaba delirando: "¿Por qué está ahí? ¿Por qué me ha quitado de ahí? Me ha echado, me ha empujado. ¿Con qué derecho? ¿Es suyo o es mío el niño? ¡Es mío, es mío, no suyo! Ahora voy y la emprendo a bofetones con ese tonel, le echo de ahí, porque he de estar yo, y no él. Voy, voy, y le abofeteo, le mato. Quiero beber su sangre, porque le odio, porque me lo ha quitado todo, todo, todo, porque cuando está él, yo llego hasta desear la muerte de mi hijo".

Pero durante unos minutos no se movió de su sitio, luego entró en la cocina y dijo a su madre: – Regresaré dentro de poco – y se fue rápidamente.

Al entrar en su celda le pareció despertarse de un sueño, y volvió a tener conciencia de su vida, de su estado y de su deber. Se arrodilló y se puso a rezar y a pedir perdón a Dios por su delirio.

"Perdóname, Señor; perdóname para la vida eterna, ya que en ésta no soy digno de perdón. Yo no descansaré nunca, estoy condenado a sufrir, pero todo castigo es pequeño por la falta que he cometido. Sí, sí, hazme sufrir, como merezco; pero dame fuerzas para cumplir con mis deberes, quítame del corazón toda vana pasión. Por mi parte, te prometo que haré todo lo posible por vencerme. Viva o no el niño, iré a verle lo menos que pueda. ¿Es acaso mío? No. Yo no debo tener nada en esta tierra: ni hijos, ni parientes, ni bienes, ni pasiones. Debo estar solo, solo delante de Ti, Dios mío, Señor grande y misericordioso."

Pero una hora después le avisaron con prisa que fuera a su casa, y él corrió, pálido y con el corazón alterado. Era de noche, una noche de otoño, velada, silenciosa. La luna nadaba lentamente entre tenues vapores, rodeada de una inmensa aureola de oro descolorido. Había en el aire un silencio profundo, una paz antigua y triste, algo misterioso.

Elias sentía que el niño había muerto, y al entrar en la cocina vio, en efecto, sentada junto al hogar, a Maddalena, que lloraba trágicamente, oprimiéndose de vez en vez la cabeza entre las manos. Parecía una esclava a la que se lo hubieran arrebatado todo: libertad, patria, ídolos, familia. Elias sintió el inmenso dolor de la mujer, y pensó: "En este momento acaso ella cree que la pérdida del niño es el castigo por su culpa, y no sabe que de este dolor, en cambio, ella saldrá purificada y encontrará el camino del bien. ¡Los caminos del Señor son grandes, son infinitos!".

Pero mientras pensaba esto, miraba a su alrededor en la cocina semioscura, y al no ver a Farre entre las pocas personas allí reunidas, pensaba con dolor que acaso estuviera todavía allí, junto al niño muerto.

Entró. Farre no estaba. Solo tía Annedda, palidísima, pero tranquila, sin llorar, sin hacer ruido, lavaba y vestía al muertecito. Elias le ayudó un poco: cogió del arcón los calcetines y los zapatitos del niño, y al calzarlo, sus piececillos exangües, enflaquecidos por la enfermedad, estaban todavía blancos y tibios.

Hasta que el muertecito estuvo vestido y colocado entre las almohadas, y mientras tía Annedda permaneció allí, Elias se mantuvo tranquilo; pero apenas se encontró solo, sintió un escalofrío que le recorría todo el cuerpo, sintió que la cara y las manos se le enfriaban, se arrodilló y escondió su rostro entre las sábanas.

Por fin, por fin estaba solo con su hijo. Nadie ya podía quitárselo, nadie ya podía interponerse entre ellos. Y en su infinita aflicción, sentía caer un tenue velo de paz y casi de alegría (parecido a la vaporosidad de aquella misteriosa noche otoñal), porque su alma se encontraba finalmente sola, purificada por el dolor, sola y libre de toda pasión humana, ante el Señor grande y misericordioso.

Fin de "Elias Portolu"

La Autora

Grazia Deledda nació en Nuoro (Cerdeña, Italia) el 27 de septiembre de 1871. La quinta de siete hijos, venía de una familia pudiente, lo que le permitió, después de los estudios limitados concedidos a las mujeres a finales del siglo XIX, seguir de forma privada y de manera autodidacta su formación.

Puso mucho empeño en aprender italiano que para ella, sarda, fue su segunda lengua. Fue emprendedora desde el principio y se autopropuso a unas cuantas revistas sardas y del resto de Italia. En el primer periodo de su carrera como escritora, se dedicó con pasión a los estudios sobre las tradiciones populares de Cerdeña. Todo el material colegido sobre el folclore sardo confluiría después en sus obras.

Con poco más de veinte años, colaboraba ya con muchas revistas, sardas y después nacionales. A esa edad, ya había publicado unos cuantos cuentos y sus primeras novelas. Su primer cuento, *Sangue sardo*, se publicó en 1888 en la revista romana "Ultima moda", y del mismo año es su primera novela, *Memorie di Fernanda*. En 1890 publicó su primera colección de cuentos, *Nell'azzurro*. A partir de 1895, empezó a cosechar los frutos de su trabajo. Su novela *El camino del mal* fue bien acogida por la crítica y sus novelas empezaron a ser traducidas en el extranjero.

En 1900 se casó y se trasladó a Roma, donde, excepto por breves desplazamientos, permaneció hasta su muerte.

A partir de este periodo, publicó casi un libro al año. Sus novelas fueron más de treinta y los cuentos unos cuatrocientos. Algunas de sus obras: *Elias Portolu* (1900), *Cenizas* (1903), *La hiedra* (1908), *Cañas al viento* (1913), *El incendio en el olivar* (1918), *La danza del collar* (1924).

Debido a su interés por la vida interior de los personajes, los críticos vieron en su obra un acercamiento a la novela decadente y simbolista, y por sus representaciones de la vida de la provincia sarda también era comparada con otros novelistas realistas.

Siempre consciente de la novedad de su obra, coronó su sueño de convertirse en escritora en Estocolmo en 1927, cuando ganó el Nobel de Literatura.

Sus novelas más maduras tuvieron un público muy vasto a nivel europeo también porque, aunque tenían como ambiente privilegiado Cerdeña, se referían a dramas universales de pasión, deseo, pecado y culpa. Sus personajes están siempre en el centro de un conflicto entre deseos y tabúes. Luchan contra prohibiciones impuestas por la sociedad, principios religiosos, viejos códigos de comportamiento y, no menos importante, contra la fuerza de su propia conciencia siempre suspendida entre el deseo de vida y el sentimiento de culpa. Sin embargo, casi siempre se ven derrotados por un destino al que no pueden oponerse.

Durante los diez años siguientes a la concesión del premio Nobel, las obras se subsiguieron a un ritmo apresurado: *Annalena Bilsini* (1927), *Il vecchio e i fanciulli* (1928), *El pueblo del viento* (1931), *L'argine* (1934), *La chiesa della solitudine* (1936). Destaca también el número de traducciones.

Grazia Deledda murió en Roma el 15 de agosto de 1936 y ahora descansa en Nuoro en la Chiesa della Solitudine.

En 1936 se publicó a modo póstumo una novela de carácter autobiográfico, *Cosima*. Un legado precioso sobre la juventud y el recorrido como escritora de Deledda.

La colección "Le Grazie"

Memorie di Fernanda, 1888
Nell'azzurro, 1890
Stella d'oriente, 1890
Fior di Sardegna, 1891
Racconti sardi, 1894
Tradizioni popolari di Nuoro in Sardegna, 1894
Anime oneste, 1895
La via del male, 1896
L'ospite, 1897
Il tesoro, 1897
Le tentazioni, 1899
La giustizia, 1899
Il vecchio della montagna, 1899
Elias Portolu, 1900
La regina delle tenebre, 1901
Dopo il divorzio, 1902
Cenere, 1903
Nostalgie, 1905
I giuochi della vita, 1905
Amori moderni, 1907
L'ombra del passato, 1907
Il nonno, 1908
L'edera, 1908
Il nostro padrone, 1910
Sino al confine, 1910
Nel deserto, 1911
Chiaroscuro, 1912
Colombi e sparvieri, 1912
Canne al vento, 1913
Le colpe altrui, 1914
Il fanciullo nascosto, 1915
Marianna Sirca, 1915
L'incendio nell'oliveto, 1917-1918
Il ritorno del figlio, 1919

La madre, 1919
Il segreto dell'uomo solitario, 1921
Il Dio dei viventi, 1922
Il flauto nel bosco, 1923
La danza della collana, 1924
La fuga in Egitto, 1925
Il sigillo d'amore, 1926
Annalena Bilsini, 1927
Il vecchio e i fanciulli, 1928
Il dono di Natale, 1930
La casa del poeta, 1930
Il paese del vento, 1931
La vigna sul mare, 1932
Sole d'estate, 1933
L'argine, 1934
La chiesa della solitudine, 1936
Cosima, 1936

Todos los títulos son disponibles en formato ebook (epub, Kindle).